# 杜《と》子《し》春《しゅん》・くもの糸

芥川龍之介　原著
林　榮　一　譯註

鴻儒堂出版社　發行

# 芥川竜之介

明治二十五年（一八九二年）～昭和二年（一九二七年）。小說家。東京都人。明治四十三年以成績優秀保送第一高等學校文科。大正元年入東京大學英文科。他和久米正雄、菊池寬、松岡讓等人發行第三次「新思潮」。大正五年在第四次「新思潮」創刊號上發表「鼻」受到夏目漱石的讚賞而進入文壇。芥川竜之介是最具有新現實主義特色的作家。他的作風可以用『理智的』一句話說盡。他突破了自然主義的客觀描寫，講究寫作技巧。典雅的語言，巧妙的布局，細膩的心理刻畫，含蓄的命題和機智幽默的情趣是其特色。

**主要的作品有**

〔羅生門〕（大正四年發表）〔鼻〕・〔芋粥〕（大正五年發表）・〔地獄変〕・〔蜘蛛の糸〕（大正七年發表）〔蜜柑〕（大正八年發表）〔杜子春〕・〔秋〕・〔南京の基督〕（大正九年發表）〔トロッコ〕・〔藪の中〕（大正十一年發表）〔河童〕（昭和二年發表）

# 前言

近百年來，日本文壇上最受歡迎作家之一——芥川龍之介，他的短編在文壇上佔有極高的地位。芥川取材廣泛，有日本平安時代的——「鼻」、「芋粥」等；有我國的——「杜子春」等；有美國的——「蜘蛛之絲」等；有當時現實生活的——「台車」、「橘子」等；有江戶的；有明治的等等。形式、技巧富有多變化，描寫獨特，從人類的利己主義到人性愛等，剖析人類心理的變遷，淋漓盡致，加上文筆簡練，因此他的作品大受歡迎。

本人在日留學期間，雖然專攻夏目漱石的作品，但對於芥川之作品也甚感興趣，所以選擇了以上所列六編加以翻譯，希望能做爲學習日文者的閱讀材料。本書爲了忠於原文，爲了學習日文者方便起見，大都採直譯方式，文句均未加以修飾，因此讀起來或許會有生硬之處。難於直譯處才加以意譯。

本人學識淺陋，錯誤疏漏之處，當不在少。尚祈學界先進惠予指正是幸。

林榮一　謹識

# 目次

# 杜と子し春しゅん

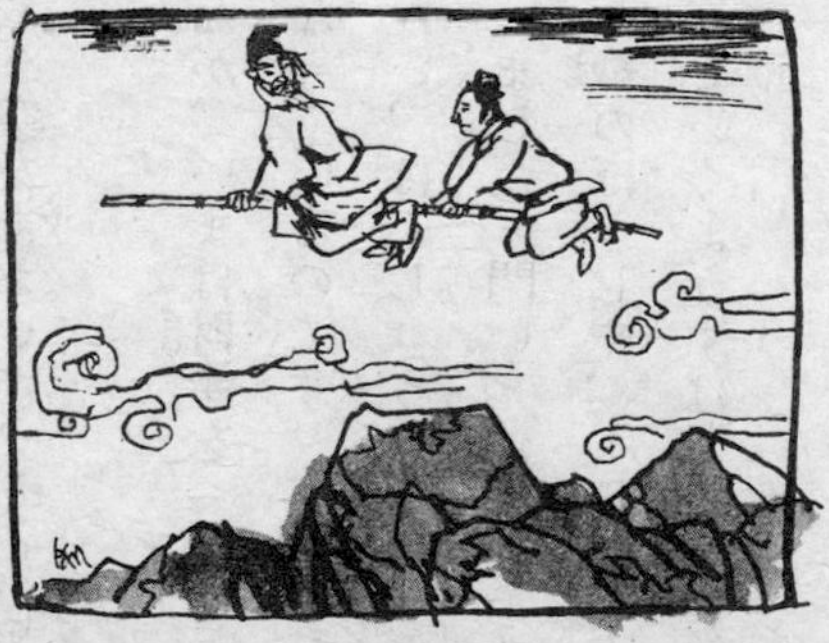

# 一

ある春の日ぐれです。

唐《とう》(むかしの中国《ちゅうごく》の国名《こくめい》)の都《みやこ》洛陽《らくよう》の西の門の下に、ぼんやり空をあおいでいる、ひとりの若者《わかもの》がありました。

若者は名は杜子春《とししゅん》といって、もとは金持《かねも》ちのむすこでしたが、いまは財産《ざいさん》をつかいつくして、その日のくらしにもこまるくらい、あわれな身分《みぶん》になっているのです。

なにしろ、そのころ洛陽《らくよう》といえば、天下《てんか》にならぶもののない、はんじょうをきわめた都《みやこ》ですから、往来《おうらい》にはまだしっきりなく、人や車がとおっていました。門いっぱいにあたっている、あぶらのような夕日の光のなかに、老人《ろうじん》のかぶった紗《しゃ》のぼうしや、トルコの女の金の耳輪《みみわ》や、白馬《はくば》にかざった色糸《いろいと》のたづなが、たえずながれていくようすは、まるで絵のような美しさです。

しかし杜子春《とししゅん》はあいかわらず、門のかべに身をもたせて、ぼんやり空ばかりながめていました。空には、もうほそい月が、うらうらとなびいたかすみのなかに、まるで、つめのあとかと思うほど、かすかに白くうかんでいるのです。

# 一

一個春天的黃昏。

唐朝（從前中國的國名）京城洛陽的西門下，有位年輕人，茫然地仰望著天空。那年輕人名叫杜子春，原是富家子；但是，現在財產用盡，而到了三餐不繼的可憐境地。

因爲，一提起當時的洛陽，那是天下無與倫比的，極爲繁華的京城，所以大街上行人車馬絡繹不絕。像油一樣的落日餘暉洒遍了城門。在夕陽下，老年人戴著的紗帽，土耳其女人的金耳環，裝飾白馬上的紅纓金羈等，都不停地穿梭着的光景，宛如畫一般的美麗。

可是，杜子春，仍舊把身體倚靠着城牆，茫然地凝視着天空。天空中，已有一彎新月，在柔和緩慢散布的晚霞中，宛如爪痕似的，微微地浮現着白光。

**註釋**：①日ぐれ：黃昏。②ぼんやり：發呆。心不在焉。③あおぐ：仰。仰視。④若者：年輕人。⑤つかいつくす：用盡。花光（金錢等）⑥くらし：生活。⑦身分：境遇。身分。⑧なにしろ：無論怎麽說。反正。因爲。⑨はんじょう：繁榮。昌盛。⑩きわめる：達到極限。⑪往來：大街。通衢。⑫しっきりない：接連不斷地。⑬トルコ：土耳其。⑭たづな：轡繩。⑮たえず：不斷。經常。⑯まるで……ような：宛如……好像。⑰あいかわらず：仍舊。⑱もたせる：倚。靠。⑲ながめる：凝視。眺望。⑳うらうら：晴朗。柔和。㉑なびく：隨風起伏。㉒かすか：微弱。微暗。朦朧。

「日はくれるし、はらはへるし、そのうえもうどこへいっても、とめてくれるところはなさそうだし——こんな思いをして生きているくらいなら、いっそ川へでも身をなげて、死《し》んでしまったほうがましかもしれない。」

杜子春《としりゅん》はひとりさっきから、こんなとりとめもないことを思いめぐらしていたのです。

するとどこからやってきたか、とつぜんかれのまえへ足をとめた、かた目すがめ（やぶにらみ）の老人《ろうじん》があります。それが夕日の光をあびて大きなかげを門へおとすと、じっと杜子《とし》春《しゅん》の顔を見ながら、

「おまえはなにを考えているのだ」と、おうへいにことばをかけました。

「わたしですか。わたしは今夜ねるところもないので、どうしたものかと考えているのです。」

老人《ろうじん》のたずねかたがきゅうでしたから、杜子春《としりゅん》はさすがに目をふせて、思わずしょうじきな答えをしました。

「そうか。それはかわいそうだな。」

老人はしばらくなにごとか考えているようでしたが、やがて、往来《おうらい》にさしている夕日の光を指さしながら、

「天既黑，肚子又餓，而且無論到哪裡去，似乎也不會有人讓我住的樣子—與其這樣地活著，倒不如乾脆跳河死了，也許比較好些。」

杜子春獨自一個人，從剛才就在這不得要領的事情上動腦筋。

就在此時，不知從哪裡來了一個斜著一隻眼睛的老人，突然在他的面前停了下來。他沐浴在夕陽的殘暉中，長長的影子落在城門上，一面凝視杜子春的臉，一面以傲慢的口吻對他說：

「你在想什麽？」

「我嗎？因爲我今天晚上連睡覺的地方也沒有，所以正想着怎麽辦呢？」

因爲老人的問話是這樣突然，使得杜子春不敢正視，不由得老實地回答了。

「原來如此，那太可憐了！」

老人好像想着些什麽過了一會兒，才邊指着映在大街上的餘暉邊說：

**註釋**：①そのうえ：而且。②いっそ：倒不如。③さっき：剛才。④とりとめがない：不得要領。⑤めぐらす：動腦筋。籌謀。⑥すると：（表示事物發生的繼續）於是就。不着邊際。⑦かた目：一隻眼睛。⑧すがめ：斜視。⑨あびる：照。曬。⑩じっと：目不轉眼。盯盯地。⑪おうへい：傲慢。⑫きゅう：突然。⑬目をふせる：眼睛往下瞧。⑭しょうじき：率直。老實。⑮かわいそう：可憐。⑯なにごと：什麽事情。

「では、おれがいいことを一つおしえてやろう。いま、この夕日のなかに立って、おまえのかげが地にうつったら、その頭にあたるところを夜中にほってみるがいい。きっと車にいっぱいの黄金《おうごん》がうまっているはずだから。」

「ほんとうですか。」

杜子春《とししゅん》はおどろいて、ふせていた目をあげました。ところがさらにふしぎなことには、あの老人《ろうじん》はどこへいったか、もうあたりにはそれらしい、かげも形も見あたりません。そのかわり、空の月の色はまえよりもなお白くなって、やすみない往来《おうらい》の人通りの上には、もう気のはやいこうもりが二、三びきひらひらまっていました。

## 二

杜子春《とししゅん》は一日のうちに、洛陽《らくよう》の都《みやこ》でもただひとりという大金持《おおがねも》ちになりました。あの老《ろう》人《じん》のことばどおり、夕日にかげをうつしてみて、その頭にあたるところを、夜中にそっとほってみたら、大きな車にもあまるくらい、黄金《おうごん》がひと山でてきたのです。

大金持ちになった杜子春《としじゅん》は、すぐにりっぱな家を買って、玄宗皇帝《げんそうこうてい》にも負《ま》けないくらい、ぜいたくなくらしをしはじめました。蘭陵《らんりょう》の酒《さけ》を買わせるやら、桂州《けいしゅう》の竜眼肉《りゅうがんにく》をとりよせ

「那麽，我告訴你一件好事情吧！現在，你站在夕陽下，你的影子映在地上，到了半夜可以挖掘你影子頭部的地方，一定有滿車的黃金埋在那裡。」

「眞的嗎？」

杜子春吃驚而揚起了低垂的眼睛。可是，更奇怪的是那老人已不知去向，附近已不見他的踪影。另方面，天上的月色更加皎潔。行人來往不絕的人行道上，已經有兩三隻性急的蝙蝠在翩翩地飛舞了。

## 二

杜子春在一日之間，變成了洛陽城唯一的大富翁。因爲他按照老人的話，對着夕陽所映照的影子頭部之處，在半夜悄悄地挖掘出一堆一大車還有餘的黃金。

變成了大富翁的杜子春，立刻買了漂亮的房子，開始過着不遜於玄宗皇帝的奢侈生活，叫人買蘭陵的酒啦！函購桂州的桂圓肉啦！

註釋：①おれ：我。俺。②夜中：半夜。③ほってみる：挖挖看。④きっと：一定。⑤はず：（表示當然）應該。⑥ところが：可是。⑦ふしぎ：奇怪。難以想像。⑧あたり：附近。⑨そのかわり：另方面。代之。⑩気のはやい：性急。⑪こうもり：蝙蝠。⑫ひらひら：飄動。⑬大金持：大富翁。⑭とおり：照樣。⑮あまる：餘。剩。⑯一山：一堆。⑰とりよせる：令寄來。令送來。⑱蘭陵：中國地名，以產酒有名。

るやら、日に四《よ》たび色のかわるぼたんを庭《にわ》にうえさせるやら、白くじゃくを何羽《なんば》もはなしがいにするやら、玉をあつめるやら、にしきをぬわせるやら、香木《こうぼく》の車をつくらせるやら、ぞうげのいすをあつらえるやら、そのぜいたくをいちいち書いていては、いつになってもこの話がおしまいにならないくらいです。

するとこういううわさをきいて、いままでは道でゆきあっても、あいさつさえしなかった友だちなどが、朝夕あそびにやってきました。それも一日ごとに数がまして、半年ばかりたつうちには、洛陽《らくよう》の都《みやこ》に名を知られた才子《さいし》や美人《びじん》がおおいなかで、杜子春《とししゅん》の家へこないものは、ひとりもないくらいになってしまったのです。

杜子春《とししゅん》はこのお客たちを相手《あいて》に、毎日酒《さか》もりをひらきました。その酒もりのまたさかんなことは、なかなか口にはつくされません。ごくかいつまんだだけをお話しても、杜子春《とししゅん》が金のさかずきに西洋《せいよう》からきたぶどう酒《しゅ》をくんで、天竺《てんじく》（インド）生まれの魔法使《まほうつか》いが刀《かたな》をのんでみせる芸《げい》に見とれていると、そのまわりには二十人の女たちが、十人はひすいのはすの花を、十人はめのうのぼたんの花を、いずれも髪《かみ》にかざりながら、笛《ふえ》や琴《こと》をふしおもしろく奏《そう》しているというけしきなのです。

しかしいくら大金持《おおがねも》ちでも、お金にはさいげんがありますから、さすがにぜいたくやの

在庭院種植日易四色的牡丹啦！飼養著多隻白孔雀啦！蒐集寶玉啦！裁製錦服啦！造香木的車子啦！訂做象牙的椅子啦！要是把那種奢侈一一寫出來的話，這個故事就無法結束了。

如此一來，聽到這些傳聞之後，以前在路上遇見，連打招呼也不願的朋友們，都經常來玩了，而且人數也一日一日地增多了，僅經過半年，洛陽城聞名的才子佳人，幾乎沒有一個未到過杜子春家的。

杜子春以這些客人們爲對象，每天擧行酒宴，而那酒宴的盛大是極其難以言盡的。就是最扼要的說，杜子春用金杯盛著從西洋來的葡萄酒，出神地觀賞著天竺（印度）魔術師的呑刀表演，他的周圍有二十個女人，十個人用翡翠的蓮花，十個人用瑪瑙的牡丹花，都裝飾在頭髮上，一面用笛、琴演奏著有趣的曲調。

可是，卽使是大富翁，錢也是有限的，就連奢侈的杜子春，

**註釋**：①かわる：變；變化。②はなしがい：放飼。③あつらえる：訂做。④さえ：連。⑤すると：如此一來。⑥いままで：從前。⑦ゆきあう：遇上。碰見。⑧朝夕：經常。早晚。⑨さかもり：酒宴。⑩ひらく：開設。⑪さかん：盛大。⑫さかずき：酒杯。⑬くむ：汲（水）。斟。酌。⑭魔法使い：魔術師。不斷。⑮みとれる：看迷。看得入迷。⑯さいげん：邊際。盡頭。

杜子春《とししゅん》も、一年二年とたつうちには、だんだんびんぼうになりだしました。そうすると人間《にんげん》は薄情《はくじょう》なもので、きのうまでは毎日きた友だちも、きょうは門のまえをとおってさえ、あいさつ一つしていきません。ましてとうとう三年めの春、また杜子春《とししゅん》がいぜんのとおり、一文《いちもん》なしになってみると、広い洛陽《らくよう》の都《みやこ》のなかにも、かれに宿《やど》をかそうという家は、一けんもなくなってしまいました。いや、宿《やど》をかすどころか、いまではわんに一ぱいの水も、めぐんでくれるものはないのです。

そこでかれはある日の夕方、もう一度あの洛陽《らくよう》の西の門の下へいって、ぼんやり空をながめながら、とほうにくれて立っていました。するとやはりむかしのように、かた目すがめの老人《ろうじん》が、どこからかすがたをあらわして、

「おまえはなにを考えているのだ」と、声をかけるではありませんか。

杜子春《とししゅん》は老人《ろうじん》の顔を見ると、はずかしそうに下をむいたまま、しばらくは返事《へんじ》もしませんでした。が、老人はその日もしんせつそうに、同じことばをくりかえしますから、こちらもまえと同じように、

「わたしは今夜ねるところもないので、どうしたものかと考えているのです」と、おそるおそる返事《へんじ》をしました。

經過一年兩年，也漸漸地開始變窮了。這麼一來，人是薄情的，到昨天爲止每天還來的朋友，今天走過了門前，却連一個招呼也沒有了。何況到了第三年的春天，杜子春又變得像從前一樣一文不名了，廣濶的洛陽京城，竟連借住一宿的地方也沒有。不，別說借宿，現在連施捨一杯水的人也沒有了。

因此他在某日的黃昏，再一次到洛陽的西門下，茫然地凝視著天空，不知如何是好的站在那兒，於是仍然像從前一樣的，斜著一隻眼睛的老人，不知從何處又現出來了。

「你在想什麼？」他又問了。

杜子春一看到老人，便好像慚愧似地低垂著頭，好久都沒回答，但因爲老人那天也親切地，反覆著同樣的問話，他也和從前一樣地戰戰兢兢地回答說：

「因爲我今天晚上連睡覺的地方也沒有，所以正想著怎麼辦呢？」

**註釋**：①たつ：經。過。②だんだん：漸漸。③びんぼうになる：變窮。④まして：何況。更。況且。⑤一文なし：一文不名。一個錢也沒有。⑥めぐむ：施恩惠。救助。⑦とほうにくれる：沒有辦法。⑧やはり：仍然。同樣。果然。⑨すがた：身子。⑩はずかしそうに：好像害羞的樣子。⑪しんせつそうに：好像很親切的樣子。⑫くりかえす：反覆。重覆。⑬おそるおそる：戰戰兢兢地。

「そうか。それはかわいそうだな。では、おれがいいことを一つおしえてやろう。いまこの夕日のなかへ立って、おまえのかげが地にうつったら、その胸《むね》にあたるところを、夜中にほってみるがいい。きっと車にいっぱいの黄金《おうごん》がうまっているはずだから。」

老人《ろうじん》はこういったと思うと、こんどもまた人ごみのなかへ、かきけすようにかくれてしまいました。

杜子春《とししゅん》はそのよく日から、たちまち天下《てんか》だいいちの大金持《おおがねも》ちにかえりました。とどうじにあいかわらず、しほうだいなぜいたくをしはじめました。庭《にわ》にさいているぼたんの花、そのなかにねむっている白くじゃく、それから刀《かたな》をのんでみせる、天竺《てんじく》からきた魔法使《まほうつか》い——すべてがむかしのとおりなのです。

ですから車にいっぱいあった、あのおびただしい黄金《おうごん》も、また三年ばかりたつうちには、すっかりなくなってしまいました。

## 三

「おまえはなにを考えているのだ。」

かた目すがめの老人《ろうじん》は、三《み》たび杜子春《とししゅん》のまえへきて、同じことを問《と》いかけました。もち

「原來如此，那太可憐了。那麽我告訴你一件好事情吧！現在，你站在夕陽下，你的影子映在地上的時候，在半夜你可以挖掘你影子胸部的地方，一定有滿車的黃金埋在那裡。」

老人一說完，這次又消失在人群之中了。

杜子春第二天突然又變成天下第一的大富翁了。同時他仍舊過著隨心所欲的奢侈生活，庭院裡開著牡丹花，睡在院裡的白孔雀，從天竺來的魔術師表演呑刀——一切一如從前。

所以滿車的，無數的黃金，又經過了三年，全部沒有了。

三

「你在想什麽？」

斜著一隻眼睛的老人，第三次來到杜子春的面前，問著同樣的話。當然，

註釋：①…と思うと…：一…就…。②ひとごみ：人群。③たちまち：突然；忽然。④しほうだい：隨心所欲。⑤あびただしい：許多；很多；無數個。⑥すべて：一切；全部。⑦すっかり：完全；全部。⑧なくなる：丟失。⑨たび：次；回。⑩もちろん：不用說；當然。

ろんかれはそのときも、洛陽《らくよう》の西の門の下に、ほそぼそと、かすみをやぶっている三日月《みかづき》の光をながめながら、ぼんやりたたずんでいたのです。

「わたしですか。わたしは今夜ねるところもないので、どうしようかと思っているのです。」

「そうか。それはかわいそうだな。ではおれがいいことをおしえてやろう。いまこの夕日のなかへ立って、おまえのかげが地にうつったら、そのはらにあたるところを、夜中にほってみるがいい。きっと車にいっぱいの――」

老人《ろうじん》がここまでいいかけると、杜子春《とししゅん》はきゅうに手をあげて、そのことばをさえぎりました。

「いや、お金《かね》はもういらないのです。」

「金はもういらない？　ははあ、ではぜいたくをするにはとうとうあきてしまったとみえるな。」

老人《ろうじん》はいぶかしそうな目つきをしながら、じっと杜子春《とししゅん》の顔を見つめました。

「なに、ぜいたくにあきたのじゃありません。人間《にんげん》というものにあいそがつきたのです。」

杜子春はふへいそうな顔をしながら、つっけんどんにこういいました。

「それはおもしろいな。どうしてまた人間にあいそがつきたのだ？」

那時他也是在洛陽城的西門下，茫然地佇立著，眺望著微微地戳破雲靄的新月。

「我嗎？因爲我今晚連睡覺的地方也沒有，正想著怎麽辦呢？」

「原來如此，那太可憐了。那麽，我告訴你一件好事情吧！現在，你站在夕陽下，你的影子映在地上的時候，在半夜你可以挖掘你影子肚子之處，一定有滿車的……」

老人一說到這兒的時候，杜子春就突然舉手打斷他的話。

「不！錢已不需要了」

「錢已不需要？哈哈！那麽，看樣子好像終於厭倦了奢侈的生活了吧！」

老人用好像令人詫異的眼神，定睛凝視著杜子春的面孔。

「你說什麽？我不是厭倦奢侈，而是厭倦所謂人類這東西。」

杜子春露出不滿的臉色，不和悅地說著。

「那是有趣的，爲什麽厭惡人類呢？」

註釋：①ほそぼそ：細細地。②かすみ：霞；靄；薄霧。③やぶる：弄破。④三日月：農曆每月三日出來的月亮。⑤たたずむ：佇立；站住。⑥手をあげる：舉手。⑦さえぎる：遮斷。⑧あきる：膩；厭煩。⑨みえる：看著好像。⑩いぶかしそうな：好像奇怪的；好像令人詫異的；好像可疑的。⑪あいそがつきる：厭惡。討厭。

「人間《にんげん》はみな薄情《はくじょう》です。わたしが大金持《おおがねも》ちになったときには、せじもついしょうもしますけれど、いったんびんぼうになってごらんなさい。やさしい顔さえもしてみせはしません。そんなことを考えると、たといもう一度大金持ちになったところが、なんにもならないような気がするのです。」

老人《ろうじん》は杜子春《とししゅん》のことばをきくと、きゅうににやにやわらいだしました。

「そうか。いや、おまえはわかいものににあわず、感心にものわかる男だ。ではこれからはびんぼうをしても、やすらかにくらしていくつもりか。」

杜子春《とししゅん》はちょいとためらいました。が、すぐに思いきった目をあげると、うったえるように老人《ろうじん》の顔を見ながら、

「それもいまのわたしにはできません。ですからわたしはあなたの弟子《でし》になって、仙術《せんじゅつ》の修行《しゅぎょう》をしたいと思うのです。いいえ、かくしてはいけません。あなたは道徳《どうとく》の高い仙人《せんにん》でしょう。仙人でなければ、一夜のうちにわたしを天下《てんか》だいいちの大金持ちにすることはできないはずです。どうかわたしの先生になって、ふしぎな仙術《せんじゅつ》をおしえてください。」

老人はまゆをひそめたまま、しばらくはだまって、なにごとか考えているようでしたが、やがてまたにっこりわらいながら、

「人都是薄情的，當我變成大富翁時，他們便巴結、逢迎，可是一旦變窮，他們便不再和顏悅色了。一想到那個，縱然再一次變成大富翁，覺得好像沒有什麽用。」

老人一聽到杜子春的話，突然嗤嗤地笑了起來：

「原來如此，不，你不像個年輕人，你很懂道理，那麽，今後即使窮困，也打算安然地過日子嗎？」

杜子春有點兒躊躇。但，馬上斷然地揚起眼睛，訴說似的望著老人的臉說：

「現在我是不能那樣的，所以我想做你的徒弟，想學習仙術。不，不能隱瞞我，你是道行高的神仙吧！要不是神仙的話，應當不能使我在一夜之間變成天下第一的大富翁。請做我的師父吧！教我奇異的仙術吧！」

老人蹙著眉，好像在想著什麽，沈默了一會兒，不久又微微一笑。

**註釋**：①せじ：巴結；奉承。②ついしょう：奉承；奉迎。③たとい：縱然；縱使。④気がする：覺得好像；彷彿。⑤にやにや：表示蔑視時的嗤笑貌。⑥かんしん：覺得好；讚美。⑦これから：今後。⑧やすらか：安樂；平安。⑨ちょいと：稍微；有點兒。⑩ためらう：躊躇。⑪おもいきった：大膽的；斷然的；徹底的。⑭やがて：不久。⑮にっこり：微微一笑。⑫うったえる：訴；控告；申訴；發牢騷。⑬まゆをひそめる：皺眉。

「いかにもおれは峨眉山《がびさん》にすんでいる、鉄冠子《てっかんし》という仙人《せんにん》だ。はじめおまえの顔を見たとき、どこかものわかりがよさそうだったから、二度まで大金持《おおがねも》ちにしてやったのだが、それほど仙人《せんにん》になりたければ、おれの弟子《でし》にとりたててやろう」と、こころよくねがいをいれてくれました。

杜子春《とししゅん》はよろこんだの、よろこばないのではありません。老人《ろうじん》のことばがまだおわらないうちに、かれは大地にひたいをつけて、なんども鉄冠子《てっかんし》におじぎをしました。

「いや、そうお礼《れい》などはいってもらうまい。いくらおれの弟子《でし》にしたところで、りっぱな仙人になれるかなれないかは、おまえしだいできまることだからな。——が、ともかくも、まずおれといっしょに峨眉山《がびさん》のおくへきてみるがいい。おお、さいわい、ここに竹《たけ》づえが一本おちている。ではさっそくこれへのってひとっとびに空をわたるとしよう。」

鉄冠子《てっかんし》はそこにあった青竹《あおだけ》を一本ひろいあげると、口のなかに呪文《じゅもん》をとなえながら、杜子春といっしょにその竹へ、馬にでものるようにまたがりました。するとふしぎではありませんか。竹づえはたちまち竜《りゅう》のように、いきおいよく大空へまいあがって、はれわたった春の夕空を峨眉山《がびさん》の方角《ほうがく》へとんでいきました。

杜子春《としゅん》はきもをつぶしながら、おそるおそる下を見おろしました。が、下にはただ青い

「不錯，我就是住在峨嵋山叫做鐵冠子的仙人，起初看見你的臉的時候，你好像領悟力很好，所以兩次使你變成了大富翁，要是你那麽想變成仙人的話，那我就收你做徒弟吧！」鐵冠子很爽快地收了這個徒弟。

杜子春高興得很，老人的話還沒說完，就跪在地上，向鐵冠子叩了幾個頭。

「不！不要那樣的道謝吧！雖然做了我的徒弟，能否成爲卓越的仙人，要靠你自己——但，無論如何，你可以先跟我一起到峨嵋山中看看吧！噢！好在這裡落有一根竹杖，那麽馬上騎著它，一起飛越天空吧！」

鐵冠子一拾起了在那兒的一根青竹嘴裡就唸著咒文，和杜子春一起，像騎馬似地跨上了青竹，於是，很奇怪的，竹杖突然像龍一樣地，氣勢萬鈞地飛向天空，越過萬里無雲春天的夜空向峨嵋山飛去。

杜子春儘管嚇破膽了，還是戰戰兢兢地看著下面。下面只有青色的

**註釋**：①いかにも：的的確確；眞；實在。②ものわかり：領會；領悟；理解。③とりたてる：征收；提拔。④こころよい：高興的；愉快的；爽快的。⑤ひたい：額。⑥おじぎ：敬禮；鞠躬。⑦ともかくも：無論如何；不管怎樣。⑧たけづえ：竹杖。⑨またがる：跨；騎。⑩となえる：誦。⑪きもをつぶす：嚇破膽。

山やまが夕あかりの底《そこ》に見えるばかりで、あの洛陽《らくよう》の都《みやこ》の西の門は、(とうに、かすみにまぎれたのでしょう。)どこをさがしても見あたりません。そのうちに鉄冠子《てっかんし》は、白いびんの毛を風にふかせて、高らかに歌をうたいだしました。

朝《あした》に北海《ほっかい》にあそび、くれには蒼梧《そうご》。
袖裏《しゅうり》の青蛇《せいだ》、胆気粗《たんきそ》なり。
三《み》たび岳陽《がくよう》にいれども、人識《し》らず。
朗吟《ろうぎん》して、飛過《ひか》す洞庭湖《どうていこ》。

四

ふたりをのせた青竹《あおだけ》は、まもなく峨眉山《がびさん》へまいおりました。そこはふかい谷《たに》にのぞんだ、はばの広い一枚岩《まいいわ》の上でしたが、よくよく高いところだとみえて、中空《なかぞら》にたれた北斗《ほくと》の星が、茶わんほどの大きさに光っていました。もとより人跡《じんせき》のたえた山ですから、あたりはしんとしずまりかえって、やっと耳にはいるものは、うしろの絶壁《ぜっぺき》にはえている、まがりくねったひと株《かぶ》の松《まつ》が、こうこうと夜風になる音だけです。

群山，只看到夕陽殘照下的山脈而已。那洛陽城的西門，（早就消失在晚霞中。）哪裡都找不到。此時鐵冠子讓風吹拂著白色的鬢髮。高聲地唱著。

朝遊北海暮蒼梧
袖裡青蛇膽氣粗
三入岳陽人不識
朗吟飛過洞庭湖。

四

載著二人的青竹，不久降落在峨嵋山。那裡是一塊寬廣的岩石上，面臨着深谷，似乎是太高了，掛在空中的北斗星，像茶碗一般大地在發著光。因爲本來就沒有人跡的高山，周圍眞是萬籟俱寂，勉勉強強傳入耳裡的，只是生長在後面絕壁上一棵彎彎曲曲的松樹，颯颯地在夜風中鳴響的聲音。

**註釋**：①やまやま：群山；許多的山。　②ゆうあかり：夕照。　③とうに：老早；早就。　④まぎれる：混同；混入。　⑤のぞむ：面臨；面對。　⑥よくよく：非常的；特別的。　⑦しずまりかえる：變得鴉雀無聲。　⑧まがりくねる：彎彎曲曲。

ふたりがこの岩《いわ》の上にくると、鉄冠子《てつかんし》は杜子春《とししゅん》を絶壁《ぜっぺき》の下にすわらせて、

「おれはこれから天上へいって、西王母《せいおうぼ》におめにかかってくるから、おまえはそのあいだここにすわって、おれの帰るのをまっているがいい。たぶんおれがいなくなると、いろいろな魔性《ましょう》があらわれて、おまえをたぶらかそうとするだろうが、たといどんなことがおころうとも、けっして声をだすのではないぞ。もし、ひとことでも口をきいたら、おまえはとうてい仙人《せんにん》にはなれないものだとかくごをしろ。いいか。天地がさけても、だまっているのだぞ」といいました。

「だいじょうぶです。けっして声なぞはだしはしません。命《いのち》がなくなっても、だまっています。」

「そうか　それをきいて、おれも安心《あんしん》した。ではおれはいってくるから。」

老人《ろうじん》は杜子春《とししゅん》にわかれをつげると、またあの竹《たけ》づえにまたがって、夜目《よめ》にもけずったようなう山やまの空へ、一文字《いちもんじ》にきえてしまいました。

杜子春《とししゅん》はたったひとり、岩《いわ》の上にすわったまま、しずかに星をながめていました。するとかれこれ半時《はんとき》（一時間）ばかりたって、深山《しんざん》の夜気《やき》がはださむくうすい着物《きもの》にとおりだしたころ、とつぜん空中《くうちゅう》に声があって、

二人一來到這岩石上，鐵冠子讓杜子春坐在絕壁之下，說到：

「我現在要到天上去拜見西王母，這段期間你可以坐在這裡，等我回來。大概我不在的時候，會出現各式各樣的惡魔來騙你，但，即使發生任何事，決不可發出聲音，你要知道，假使開口出聲的話，你無論如何也成不了仙人，可以嗎？即使天崩地裂也要默不作聲。」

「放心。我決不出聲，即使要我的命，我也不出聲。」

「這樣啊！聽你那麼說，我就放心了。那麼，我走了。」

老人告別杜子春，又跨上那根竹杖，在夜裡看向著像削過似的群山的天空，一直地衝過而去消失了。

杜子春獨自一個人，坐在岩石上，靜靜地眺望著星星。深山的夜氣，微寒地透過了單薄的衣服，大約經過了半個時辰（一個小時），突然空中發出聲音。

**註釋**：①たぶらかす：騙；誆騙。 ②たとい：縱然；即使。 ③とうてい：無論如何也；怎麼也。 ④かくご：決心；精神準備。 ⑤さける：裂開。 ⑥またがる：跨；騎。 ⑦夜目：夜裡看。 ⑧一文字：筆直；一個字。 ⑨かれこれ：大約；將近。 ⑩はださむい：感覺冷的。 ⑪夜気：夜間的冷空氣。

「そこにいるのは何者だ」と、しかりつけるではありませんか。

しかし杜子春《とししゅん》は仙人《せんにん》のおしえどおり、なんとも返事《へんじ》をしずにいました。

ところがまたしばらくすると、やはり同じ声がひびいて、

「返事《へんじ》をしないとたちどころに、命《いのち》はないものとかくごしろ」と、いかめしくおどしつけるのです。

杜子春はもちろんだまっていました。

と、どこからのぼってきたか、らんらんと目を光らせたとらが一ぴき、こつぜんと岩《いわ》の上におどりあがって、杜子春のすがたをにらみながら、ひと声高くたけりました。のみならずそれとどうじに、頭の上の松《まつ》の枝《えだ》が、はげしくざわざわゆれたと思うと、うしろの絶《ぜっ》壁《ぺき》のいただきからは、四斗《と》だるほどの白蛇《はくだ》が一ぴき、ほのおのような舌《した》をはいて、みるみる近くへおりてくるのです。

杜子春《とししゅん》はしかしへいぜんと、まゆ毛もうごかさずにすわっていました。

とらとへびとは、一つえじきをねらって、たがいにすきでもうかがうのか、しばらくはにらみあいの体《てい》でしたが、やがてどちらがさきともなく、いちどきに杜子春にとびかかりました。が、とらのきばにかまれるか、へびの舌《した》にのまれるか、杜子春の命《いのち》はまたたくう

「在那裏的是何人？」這樣地斥責著。

可是，杜子春，照著仙人所指點的，什麽也沒回答。

但是過了一會兒，那相同的聲音又響了。

「你要知道，不回答的話，馬上要你的命！」這樣地嚴厲的嚇唬著。

杜子春當然默不作聲。

這麽一來，不知從哪裡爬上來一隻目光烱烱的老虎，突然跳上岩石上，瞪著杜子春，高聲的咆哮了一聲，不僅如此，同時，頭上的松樹枝沙沙地激烈搖動著，後面絕壁頂上，一條四斗桶粗似的白蛇，吐著火燄般的舌頭，眼看著逼近來了。

但，杜子春沉著地，連眉毛也不動一下地坐著。

老虎和蛇，對著一個想弄到手的餌食，互相窺視著，暫時對望著，不久，不分先後地，一齊跳向杜子春。或被老虎的大牙咬，或被蛇呑，杜子春的生命就要結束

**註釋**：①しかりつける：責備；申斥；嚴責。②たちどころ：立刻；馬上。③いかめしい：嚴厲的。③らんらん：烱烱。④にらむ：瞪眼。⑤ざわざわ：沙沙。⑥へいぜん：沉著；冷靜；不介意。⑦ねらう：把…作爲…的目標；想把…弄到手。⑧またたく：眨眼。

ちに、なくなってしまうと思ったとき、とらとへびとはきりのごとく、夜風とともにきえうせて、あとにはただ、絶壁《ぜっぺき》の松《まつ》が、さっきのとおり、こうこうと枝《えだ》をならしているばかりなのです。杜子春《とししゅん》はほっとひと息《いき》しながら、こんどはどんなことがおこるかと、心まちにまっていました。

すると一陣《いちじん》の風がふきおこって、すみのような黒雲《くろくも》がいちめんにあたりをとざすやいなや、うすむらさきのいなずまが、やにわにやみを二つにさいて、すさまじく雷《らい》がなりだしました。いや、雷《らい》ばかりではありません。それといっしょに滝《たき》のような雨も、いきなりどうどうとふりだしたのです。杜子春《とししゅん》はこの天変《てんぺん》のなかに、おそれげもなくすわっていました。風の音、雨のしぶき、それからたえまないいなずまの光、――しばらくはさすがの峨《が》眉山《びさん》も、くつがえるかと思うくらいでしたが、そのうちに耳をもつんざくほど、大きな雷《らい》鳴《めい》がとどろいたと思うと、空にうずまいた黒雲のなかから、まっかな一本の火柱《ひばしら》が、杜子春の頭へおちかかりました。

杜子春《とししゅん》は思わず耳をおさえて、一枚岩《まいいわ》の上へひれふしました。が、すぐに目をあいてみると、空はいぜんのとおりはれわたって、むこうにそびえた山やまの上にも、茶わんほどの北斗《ほくと》の星が、やはりきらきらかがやいています。してみればいまの大あらしも、あのと

的時候，老虎和蛇如霧般地跟夜風一起消失了。之後，只有斷崖的松樹，和剛才一樣颯颯地響着。杜子春歇一口氣，靜心等待着，下一次將要發生的事情。

這時，颳起一陣風，如墨一般的烏雲剛一遮蔽了附近天空時，淺紫色的閃電就突然地把黑暗劈開成兩半，雷猛烈地響起來了。不，不僅是雷。同時，瀑布似的雨也突然啪啦啪啦地下起來了。杜子春在這天變中毫不畏懼地坐着。風的聲音，雨的水花，及不停的閃光——一時連峨嵋山也好像要覆滅似的。這時，一聲震耳欲聾的雷聲從盤旋在天空的烏雲裏，一支通紅的火柱，好像要落到杜子春的頭上的樣子。

杜子春不由得掩住耳朵，匐伏在岩石上。但，馬上睜開眼睛一看，天空和以前一樣地晴朗，聳立在對面的群山上，如同飯碗大似的北斗星，仍然閃閃地發着光。對於剛才的大暴風雨和老虎、白蛇

**註釋**：①ほっと：嘆氣貌。②ひといき：一口氣。③心まち：預期。期待。④ふきおこる：颳起（風）。⑤一面：一面。全體。滿。⑥とざす：關閉。鎖上。封閉。⑦やいなや：剛一…就。⑧うすむらさき：淺紫色。⑨さく：劈開。⑩やにわに：突然。猛然。⑪いなずま：閃電。⑫すさまじい：可怕的。驚人的。⑬いきなり：突然。⑭くつがえる：翻過來。覆滅。⑮つんざく：刺破：震破。⑯うずまく：旋渦。卷成。⑰おさえる：按。壓住。⑱してみれば：對…來說。作爲…來看。

らや白蛇《はくだ》と同じように、鉄冠子《てっかんし》のるすをつけこんだ、魔性《ましょう》のいたずらにちがいありません。杜子春《とししゅん》はようやく安心《あんしん》して、ひたいのひやあせをぬぐいながら、また岩《いわ》の上にすわりなおしました。

が、そのため息《いき》がまだきえないうちに、こんどはかれのすわっているまえへ、金のよろいをきくだした、身のたけ三丈《じょう》（一丈はやく三メートル）もあろうという、おごそかな神将《しんしょう》があらわれました。神将は手に三《み》つまたのほこをもっていましたが、いきなりそのほこのきっさきを杜子春の胸《むね》もとへむけながら、目をいからせてしかりつけるのをきけば、

「こら、そのほうはいったい何者だ。この峨眉山《がびさん》という山は、天地開闢《てんちかいびゃく》のむかしから、おれがすまいをしているところだぞ。それもはばからずたったひとり、ここへ足をふみいれるとは、よもやただの人間《にんげん》ではあるまい。さあ命《いのち》がおしかったら、いっこくもはやく返答《へんとう》しろ」というのです。

しかし杜子春《とししゅん》は老人《ろうじん》のことばどおり、もくねんと口をつぐんでいました。

「返事《へんじ》をしないか。――しないな。よし。しなければ、しないでかってにしろ。そのかわりおれのけんぞく（一族《いちぞく》）たちが、そのほうをずたずたにきってしまうぞ。」

神将《しんしょう》はほこを高くあげて、むこうの山の空をまねきました。そのとたんにやみがさっと

來說一定都是惡魔們趁着鐵冠子不在的惡作劇。杜子春好不容易才放下心，邊擦着額頭的冷汗，邊重新坐在岩石上了。

但，他的嘆息未了，這次是在他座位之前，穿着鎧甲，身高三丈（一丈約三公尺）嚴肅的神將出現了。神將手持三叉矛，忽然把矛的尖端對着杜子春的胸前，怒目申斥着說：

「喂！你究竟是什麼人？這座峨嵋山，從開天闢地以來就是我居住的地方。你怎麼能毫無顧忌的獨自一個人就踏進來，你難道不是普通人嗎？要是愛惜生命，就趕快回答。」

可是，杜子春按照老人所說的，閉口不語。

「不回答嗎？——不回答吧！好。要是不回答就隨你便吧！你要注意我的部下（一族）會把你剁成肉醬的。」

神將高舉着矛，向着對面山峯的空中剛一招着，突然黑暗

註釋：①つけこむ：乘人之危；利用機會。②ようやく：漸漸；勉勉強強。③ひやあせ：冷汗。④よろい：鎧甲；甲冑。⑤たけ：身長。⑥おごそか：莊嚴；莊重。⑦みつまた：三叉。⑧ほこ：戈；矛。⑨きっさき：刀鋒；尖端。⑩いからせる：惹怒。⑪しかりつける：申斥；責備。⑫こら：（表示憤怒的喝聲）喂。⑬はばかる：顧忌。⑭よもや：未必；難道。⑮もくねん：默然。⑯口をつぐむ：閉口不言。⑰かって：隨便。⑱ずだずだ：稀碎。⑲まねく：招。⑳さっと：突然。

さけると、おどろいたことには無数《むすう》の神兵《しんぺい》が、雲のごとく空にみちみちて、それがみなやりや刀《かたな》をきらめかせながら、いまにもここへ、ひとなだれにせめよせようとしているのです。

このけしきを見た杜子春《とししゅん》は、思わずあっとさけびそうにしましたが、すぐにまた鉄冠子《てっかんし》のことばを思いだして、いっしょうけんめいにだまっていました。神将《しんしょう》はかれがおそれないのを見ると、おこったのおこらないのではありません。

「この強情者《ごうじょうもの》め、どうしても返事《へんじ》をしなければ、約束《やくそく》どおり命《いのち》はとってやるぞ。」

神将《しんしょう》はこうわめくがはやいか、三《み》つまたのほこをひらめかせて、ひとつきに杜子春をつきころしました。そうして峨眉山《がびさん》もどよむほど、からからと高くわらいながら、どこともなくきえてしまいました。もちろんこのときはもう無数《むすう》の神兵《しんぺい》も、ふきわたる夜風の音といっしょに、ゆめのようにきえうせたあとだったのです。

北斗《ほくと》の星はまたさむそうに、一枚岩《まいいわ》の上をてらしはじめました。絶壁《ぜっぺき》の松《まつ》もまえにかわらず、こうこうと枝《えだ》をならせています。が、杜子春《とししゅん》はとうに息《いき》がたえて、あおむけにそこへたおれていました。

## 五

裂開，令人吃驚的是無數的神兵，如雲一般的佈滿了天空，全都揮動著矛和刀，好像要一起攻擊過來。

杜子春眼看這情景，不由得，幾乎要「啊」地叫出聲音來，馬上又想起鐵冠子的話，拼命地默不作聲着，神將看他不怕，很生氣地：

「你這頑固的傢伙，無論怎麼也不回答的話，照着規則，要你的命。」

神將如此大聲喊叫說時遲那時快，三叉矛，一閃，一刺便刺死了杜子春，像峨嵋山也會震動似的一邊哈哈大笑，一邊消失了。當然，這個時候無數的神兵也和夜風颳來的聲音一起，如夢般地消失了。

北斗星又開始好像冷冷地照在岩石上，斷崖上的松樹的樹枝還是颯颯地在響着，但，杜子春，早已氣絕地仰臥在那裏。

## 五

註釋：①さける：裂；裂開。②みちみちる：充滿；佈滿。③やり：長鎗；矛。④きらめかせる：使燦爛奪目。⑤ひとなだれ：擁擠的人群。⑥おもわず：不由得。⑦ごうじよう：頑固。⑧どよむ：響動；轟鳴。⑨わめく：叫；喚；嚷。⑩からから：表示高聲而明朗的笑聲。⑪もちろん：當然。⑫とうに：老早；早就。⑬息がたえる：停止呼吸，斷氣。⑭あおむける：仰；仰着。⑮たおれる：倒；塌。

杜子春《とししゅん》のからだは岩《いわ》の上へ、あおむけにたおれていましたが、杜子春の魂《たましい》は、しずかにからだからぬけだして、地獄《じごく》の底《そこ》へおりていきました。

この世《よ》と地獄《じごく》とのあいだには、闇穴道《あんけつどう》という道があって、そこは年じゅうくらい空に、氷のようなつめたい風がぴゅうぴゅうふきすさんでいるのです。杜子春はその風にふかれながら、しばらくはただ木《こ》の葉《は》のように、空をただよっていきましたが、やがて森羅殿《しんらでん》というがくのかかったりっぱなごてんのまえへでました。

ごてんのまえにいたおおぜいの鬼《おに》は、杜子春のすがたを見るやいなや、すぐにそのまわりをとりまいて、階《きざはし》(階段《かいだん》)のまえへひきすえました。階の上にはひとりの王さまが、まっ黒な着物《きもの》に金のかんむりをかぶって、いかめしくあたりをにらんでいます。これはかねてうわさにきいた、えんま大王《だいおう》にちがいありません。杜子春はどうなることかと思いながら、おそるおそるそこへひざまずいていました。

「こら、そのほうはなんのために、峨眉山《がびさん》の上へすわっていた?」

えんま大王の声は雷《らい》のように、階《きざはし》の上からひびきました。杜子春はさっそくその問《と》いにこたえようとしましたが、ふとまた思いだしたのは、「けっして口をきくな」という鉄冠子《てっかんし》のいましめのことばです。そこでただ頭をたれたまま、おしのようにだまっていました。

杜子春的身體雖然仰臥在岩石上，但是他的靈魂，却靜靜地脫離了身體，降到地獄底下去。

這個世界和地獄之間，有一條叫闇穴道的路，那裏的天空整年漆黑，像氷似的冽風嗚嗚的颳着，杜子春被那風吹着，像樹葉似的，在天空飄蕩着，不久，來到了掛着森羅殿的匾額的宏偉宮殿之前。

在宮殿前面的衆鬼，剛一看到杜子春就馬上圍住了他，硬拉他到台階之前，台階上有一位王者，身穿烏黑的衣服，頭戴着金製的王冠，嚴肅的注視着四週，這一定是傳聞裏的閻王。杜子春一邊想着將會怎麽樣，一邊戰戰兢兢地跪着。

「喂！你爲什麽坐在峨嵋山上呢？」

閻王的聲音像雷一樣，在台階上響着，杜子春將要回答他的話時，突然又想起鐵冠子「決不能開口」的戒語。因此只是低垂着頭，像啞吧似的默不作聲。

註釋：①あおむけ：仰；仰着。②ぬけだす：偸偸地溜出。③ふきすさぶ：颳大風；颳狂風。④ただよう：漂；漂蕩。⑤ごてん：府邸；皇宮。⑥きざはし：（昇降用的）階梯；台階。⑦かんむり：冠。⑧いかめしい：嚴肅的；威嚴的。⑨にらむ：瞪眼；注視；仔細觀察。⑩えんま：閻王。⑪ひざまずく：跪下。⑫おし：啞吧。⑬まっくろ：黑漆；烏黑。⑭いましめ：戒；勸戒。⑮かねて：事先；以前；老早。

するとえんま大王《だいおう》は、もっていた鉄《てつ》のしゃくをあげて、顔じゅうのひげをさかだてながら、

「そのほうはここをどこだと思う？　すみやかに返答《へんとう》をすればよし、さもなければ時をうつさず、地獄《じごく》の呵責《かしゃく》にあわせてくれるぞ」と、威丈高《いたけだか》にののしりました。が、杜子春《とししゅん》はあいかわらずくちびる一つうごかしません。それを見たえんま大王は、すぐに鬼《おに》どものほうをむいて、あらあらしくなにかいいつけると、鬼どもは一度にかしこまって、たちまち杜子春をひきたてながら、森羅殿《しんらでん》の空へまいあがりました。

地獄《じごく》にはだれでも知っているとおり、つるぎの山や血《ち》の池のほかにも、焦熱地獄《しょうねつじごく》というほのおの谷《たに》や極寒地獄《ごっかんじごく》という氷の海が、まっくらな空の下にならんでいます。鬼《おに》どもはそういう地獄のなかへ、かわるがわる杜子春をほうりこみました。ですから杜子春はむざんにも、つるぎに胸《むね》をつらぬかれるやら、ほのおに顔をやかれるやら、舌《した》をぬかれるやら、皮《かわ》をはがれるやら、鉄《てつ》のきねにつかれるやら、あぶらのなべににられるやら、毒蛇《どくじゃ》に脳《のう》みそをすわれるやら、くまたかに目を食《く》われるやら、——そのくるしみをかぞえたてていては、とうていさいげんがないくらい、あらゆる責《せ》め苦《く》にあわされたのです。それでも杜子春はがまんづよく、じっと歯《は》をくいしばったまま、ひとことも口をききませんでした。

これにはさすがの鬼《おに》どもも、あきれかえってしまったのでしょう。もう一度夜のような

於是閻羅王擧起手上的鐵笏，滿臉鬍鬚倒豎，盛氣凌人的大聲斥責：

「你以爲這是什麽地方？迅速回答的話就好，不然的話立刻叫你嚐嚐地獄的刑罰。」

但，杜子春仍舊不動一下嘴唇，閻羅王看見這樣，馬上向着衆鬼們粗野地吩咐了什麽。衆鬼們一時正襟危坐，而後便強行拉走杜子春，飛上了森羅殿的天空。

如同衆所皆知的，地獄除了刀山和血池之外，還有叫做焦熱地獄的火燄谷，及叫做極寒地獄的冰海。並列在黑漆漆的天空下。衆鬼們輪流地把杜子春拋進那些地獄之中，所以杜子春悽慘的被劍刺穿胸膛，被火燄燒了臉，被割下舌頭，被剝了皮，被鐵的搗杵搗碎，被放入油鍋裏炸，被毒蛇吸腦漿，被熊鷹啄食眼睛——要是列擧他的痛苦，眞是一言難盡。他受到了所有的苦痛。雖然如此，杜子春有耐力地一動也不動地咬緊牙關，一句話也沒說。

就連衆鬼們也十分驚訝！再一次飛過像夜似的天空，

註釋：①しゃく：像我國古代朝見皇帝時所執的手版。②さかだてる：倒豎。③そのほう：汝；爾。（おまえ）④すみやかに返答する：迅速回答。⑤さもなければ：不然的話。⑥うつす：拖延（時間）。⑦時をうつさず：立卽；立刻。⑧かしゃく：苛責。⑨いたけだか：逞威。⑩あらあらしい：粗野的。⑪ひきたてる：強行拉走。⑫かわるがわる：輪流。⑬ほうりこむ：拋進去。⑭むざん：悽慘。⑮とうてい：無論如何。⑯あきれかえる：（因遇到意外的事情）十分驚訝。

空をとんで、森羅殿《しんらでん》のまえへ帰ってくると、さっきのとおり杜子春《とししゅん》を階《きざはし》の下にひきすえながら、ごてんの上のえんま大王《だいおう》に、

「この罪人《ざいにん》はどうしても、ものをいうけしきがございません」と、口をそろえて言上《ごんじょう》しました。

えんま大王はまゆをひそめて、しばらく思案《しあん》にくれていましたが、やがてなにか思いついたとみえて、

「この男の父母《ちちはは》は、畜生道《ちくしょうどう》におちているはずだから、さっそくここへひきたててこい」

と、一ぴきの鬼《おに》にいいつけました。

鬼はたちまち風にのって、地獄《じごく》の空へまいあがりました。と思うと、また星がながれるように、二ひきのけものをかりたてながら、さっと森羅殿《しんらでん》のまえへおりてきました。そのけものを見た杜子春は、おどろいたのおどろかないのではありません。なぜかといえばそれは二ひきとも、形はみすぼらしいやせ馬でしたが、顔は、ゆめにもわすれない、死《し》んだ父母のとおりでしたから。

「こら、そのほうはなんのために、峨眉山《がびさん》の上にすわっていたか、まっすぐに白状《はくじょう》しなければ、こんどはそのほうの父母にいたい思いをさせてやるぞ。」

回到森羅殿前，像剛才一樣把杜子春押在台階下，向宮殿上的閻羅王齊聲奏道：

「這個罪人，無論如何也不發生作用的樣子。」

閻羅王緺着眉頭，一時想不出辦法，但，不久，好像想起什麽似的。

「這個男人的父母，應該是淪爲畜生道，立刻去把他們拉到這裡來。」這樣地對一位鬼吩咐着。

鬼立刻乘着風，飛向地獄上空。說時遲那時快，又像流星似的邊追趕着兩匹獸，一下子落到森羅殿前，看到了那兩匹獸的杜子春，大吃一驚，爲什麽呢？因爲那兩匹形態雖然瘦弱的馬，但臉孔是夢裏也忘不了的，死去的父母親的樣子。

「喂！你爲什麽坐在峨嵋山上呢？要是不馬上招供的話，這一次就要讓你的父母親嚐嚐厲害了。」

註釋：①ものをいう：發揮作用。②まゆをひそめる：緺眉。③しあん：想；打主意。④しあんにくれる：想不出辦法。⑤おもいつく：想出來；想起來。⑥かりたてる：追趕；驅策；催迫；迫使；鼓動；糾合。⑦さっと：（動作）迅速。飛快。一下子。⑧なぜかと言えば：爲什麽呢？⑨みすぼらしい：難看的；寒酸的。⑩白状：招供；招認；認罪。

杜子春《とししゅん》はこうおどされても、やはり返答《へんとう》をしずにいました。

「この不孝者《ふこうもの》めが。そのほうは父母《ちちはは》がくるしんでも、そのほうさえつごうがよければ、いいと思っているのだな。」

えんま大王《だいおう》は森羅殿《しんらでん》もくずれるほど、すさまじい声でわめきました。

「うて。鬼《おに》ども。その二ひきの畜生《ちくしょう》を、肉《にく》も骨《ほね》もうちくだいてしまえ。」

鬼どもはいっせいに「はっ」とこたえながら、鉄《てつ》のむちをとって立ちあがると、四方八方《しほうはっぽう》から二ひきの馬を、未練未釈《みれんみしゃく》なくうちのめしました。むちはりゅうりゅうと風をきって、ところきらわず雨のように、馬の皮肉《ひにく》をうちやぶるのです。馬は、——畜生《ちくしょう》になった父母は、くるしそうに身をもだえて、目には血《ち》のなみだをうかべたまま、見てもいられないほど、いなきたてました。

「どうだ。まだそのほうは白状《はくじょう》しないか。」

えんま大王は鬼《おに》どもに、しばらくむちの手をやめさせて、もう一度杜子春の答えをうながしました。もうそのときには二ひきの馬も、肉はさけ骨はくだけて、息《いき》もたえだえに、階《きざはし》のまえへ、たおれふしていたのです。

杜子春はひっしになって、鉄冠子《てっかんし》のことばを思いだしながら、かたく目をつぶっていま

杜子春如此地被恐嚇，還是不回答。

「這個不孝子，你只顧自己好，父母親就是受痛苦，也無所謂嗎？」

閻羅王用幾乎連森羅殿都要倒塌的嚴厲的聲音叫着。

「打吧！衆鬼們，把那兩匹畜生的骨和肉打碎吧！」

衆鬼們一邊齊回答說：「是。」一邊拿着鐵鞭子站起來冷酷無情的從四面八方把那兩匹馬打得起不來。鞭子咻咻的響着，到處都像雨一般的落着，打破了馬的皮肉。馬—變成了畜生的父母，好像很痛苦的扭動身體，眼裏含着血淚，慘不忍睹地嘶鳴著。

「怎麽樣，你還不招供嗎？」

閻羅王令衆鬼們暫時停止鞭打，又一次催促杜子春回答。這時兩匹馬也已經肉裂骨碎，奄奄一息地倒臥在台階前。

杜子春，一邊拼命地想着鐵冠子的話，一邊緊閉着眼睛。

**註釋**：①おどされる：被恐嚇；被威脅。②くずれる：崩潰；倒塌。③わめく：叫；喊；嚷。④うて：うつ的命令形；打吧。⑤うちくだく：打碎；打破。⑥いっせい：一齊；同時。⑦はっ：對長上回答時所發的聲音。（是）⑧たちあがる：起立；站起來。⑨未練《みれん》未釈《みしゃく》なく：極酷無情。⑩うちのめす：打倒；打得起不來。⑪ところきらわず：不拘那裏。⑫もだえる：由於痛苦而（扭動身子）。⑬うかべる：浮；汪；含着。⑭いなき：馬嘶聲。

した。するとそのとき、かれの耳には、ほとんど声とはいえないくらい、かすかな声がつたわってきました。

「心配《しんぱい》をおしでない。わたしたちはどうなっても、おまえさえしあわせになれるのなら、それよりけっこうなことはないのだからね。大王《だいおう》がなんとおっしゃっても、いいたくないことはだまっておいで。」

それは、たしかになつかしい、母親の声にちがいありません。杜子春《とししゅん》は思わず、目をあきました。そうして馬の一ぴきが、力なく地上にたおれたまま、かなしそうにかれの顔へ、じっと目をやっているのを見ました。母親はこんなくるしみのなかにも、むすこの心を思いやって、鬼《おに》どものむちにうたれたことを、うらむけしきさえも見せないのです。大金持《おおがねも》ちになればおせじをいい、びんぼう人になれば口もきかない世間《せけん》の人たちにくらべると、なんというありがたいこころざしでしょう。なんというけなげな決心《けっしん》でしょう。杜子春は老人《ろうじん》のいましめもわすれて、まろぶようにそのそばへ走りよると、両手に半死《はんし》の馬の首をだいて、はらはらとなみだをおとしながら、「おかあさん」とひと声をさけびました。……

## 六

這時，他的耳朵裏，傳來了幾乎不能說是聲音的微弱的聲音：
「不要擔心，不管我們變得怎樣，只要你能幸福，那比什麽都好，即使大王怎麽說，你不願說的，就沈默着吧！」
那確實是懷念的母親的聲音不會錯。杜子春不由得睜開了眼睛。而，看見了一匹馬無力地倒在地上，好像悲哀似的凝視着他的臉。母親雖然在如此的痛苦裏，還體諒兒子的心情。對於衆鬼們的鞭打，也沒有顯示怨恨的樣子。這和要是變成大富翁便奉承你。要是變成窮人，便不跟你說話的世人比起來，是多麽難得的溫情啊！多麽勇敢的決心啊！杜子春忘了老人的警戒，像滾動似的跑到旁邊去，雙手抱着半死的馬的脖子，眼淚簌簌地掉下，叫了一聲「媽」……

六

註釋：①かすか：微弱。②かすかな声：微弱的聲音。③おもいやる：同情；體貼；體諒；遙想；遐想。④うらむ：怨；懷恨。⑤おせじ：恭維話；奉承話。⑥おせじをいう：（奉承）。⑦びんぼう：窮人。⑧せけん：世上；社會上。⑨こころざし：厚意；盛情。⑩けなげ：勇敢；可嘉；值得稱讚。⑪まろぶ：滾轉；倒下；躺下。⑫はらはら：眼淚簌簌下貌。⑬ひと声：一聲。⑭さけぶ：喊叫；呼號。

その声に気がついてみると、杜子春《とししゅん》は、やはり夕日をあびて、洛陽《らくよう》の西の門の下に、ぼんやりたたずんでいるのでした。かすんだ空、白い三日月《みかづき》、たえまない人や車の波《なみ》、——すべてがまだ峨眉山《がびさん》へ、いかないまえと同じことです。

「どうだな。おれの弟子《でし》になったところが、とても仙人《せんにん》にはなれはすまい。」

かた目すがめの老人《ろうじん》は微笑《びしょう》をふくみながらいいました。

「なれません。なれませんが、しかしわたしはなれなかったことも、かえってうれしい気がするのです。」

杜子春はまだ目になみだをうかべたまま、思わず老人《ろうじん》の手をにぎりました。

「いくら仙人《せんにん》になれたところが、わたしはあの地獄《じごく》の森羅殿《しんらでん》のまえに、むちをうけている父母《ちちはは》を見ては、だまっているわけにはいきません。」

「もしおまえがだまっていたら——」と鉄冠子《てっかんし》はきゅうにおごそかな顔になって、じっと杜子春を見つめました。

「もしおまえがだまっていたら、おれはそくざにおまえの命《いのち》をたってしまおうと思っていたのだ。——おまえはもう仙人になりたいというのぞみももっていまい。大金持《おおがねも》ちになることは、もとよりあいそがつきたはずだ。ではおまえはこれからのち、なにになったらい

被那聲音驚醒，杜子春一看，自己仍然沐浴着夕陽，在洛陽的西門下茫然地站着。飄着彩霞的天空，白色的牙月，從不間斷的行人車馬——一切都和未到峨嵋山之前相同。

「怎麽樣？雖然成爲我的徒弟，可是無論如何也不能成爲仙人！」

斜著一隻眼的老人含笑說：

「不能，雖然不能，可是我反而高興自己沒有成爲仙人。」

杜子春眼裏仍舊含着淚水，不由得握着老人的手。

「即使能成爲仙人，但我在那地獄的森羅殿之前，看着受鞭打的父母親，我是不能默不作聲的。」

「要是你默不作聲的話——。」鐵冠子突然臉孔變得嚴肅定睛凝視着杜子春。

「要是你默不作聲的話，我想立刻要你的命。——你已經不希望成爲仙人！成爲大富翁應該早已厭惡，那麽，你以後想成爲什麽好呢！」

註釋：①気がつく：注意到。察覺到。蘇醒。②たたずむ：佇立；站立。③かすむ：有霞；有薄霧。④三日月：新月；牙月。⑤すべて：一切；全部。⑥とても：無論如何也；怎麽也。⑦気がする：有心思；願意。⑧わけにはいきません：不能。⑨おごそか：莊嚴；嚴肅。⑩みつめる：凝視。⑪じっとみつめる：定睛凝視。⑫そくざ：（馬上；立刻。）

いと思うな。」

「なにになっても、人間《にんげん》らしい、しょうじきなくらしをするつもりです。」

杜子春《としゆん》の声にはいままでにないはればれした調子《ちょうし》がこもっていました。

「そのことばをわすれるなよ。ではおれはきょうかぎり、二度とおまえにはあわないから。」

鉄冠子《てっかんし》はこういううちに、もう歩きだしていましたが、きゅうにまた足をとめて、杜子春のほうをふりかえると、

「おお、さいわい、いま思いだしたが、おれは泰山《たいざん》の南のふもとに一けんの家をもっている。その家を畑《はたけ》ごとおまえにやるから、さっそくいってすまうがいい。いまごろはちょうど家のまわりに、ももの花がいちめんにさいているだろう」と、さもゆかいそうにつけくわえました。

「不管變成什麽，我打算做一個率直而過普通生活的人。」

杜子春的聲音，充滿着從未有的爽朗的語調。

「不要忘了那句話哦！那麽，我到今天爲止，不會和你再相見了。」

鐵冠子，如此地說着的時候，已經開始走了，突然地又停住。回頭看着杜子春，好像很愉快的補充上說：

「噢！好在，現在我想起來了。我在泰山南麓的山腳下有一間房子，把那間房子連同田地一起送給你，你可以馬上搬去住。這時候，房子的周圍正開滿着桃花呢！」

註釋：①人間らしい：像人的；有人情味的。②しょうじき：正直；老實；率直。③はればれ：晴朗；爽快；心情愉快；高高興興。④こもる：閉門不出；包含；含蓄。⑤ちょうし：調子；語調；聲調。⑥－かぎり：只限於；只有；以－爲限。⑦今日限り：只今天一天；到今天爲止。⑧さいわい：幸運；正好；幸虧；好在。⑨ふもと：山麓；山腳。⑩－ごと：表示包含在內。⑪いちめん：滿；全體。⑫さも：彷彿；好像。⑬つけくわえる：補充；加上；添上。

# くもの糸

# 蜘蛛之絲

一

ある日のことでございます。お釈迦《しゃか》さまは極楽《ごくらく》のはす池のふちを、ひとりでぶらぶらお歩きになっていらっしゃいました。池のなかにさいているはすの花は、みんな玉のようにまっ白で、そのまんなかにある金色のずい（おしべ・めしべ）からは、なんともいえないよいにおいが、たえまなく、あたりへあふれております。極楽《ごくらく》はちょうど朝なのでございましょう。

やがてお釈迦《しゃか》さまはその池のふちにおたたずみになって、水のおもてをおおっているはすの葉のあいだから、ふと下のようすをごらんになりました。この極楽《ごくらく》のはす池の下は、ちょうど地獄《じごく》の底《そこ》にあたっておりますから、水晶《すいしょう》のような水をすきとおして、※三途《さんず》の川や針《はり》の山のけしきが、ちょうどのぞきめがねを見るように、はっきりと見えるのでございます。

するとその地獄《じごく》の底《そこ》に、犍陀多《かんだた》という男がひとり、ほかの罪人《ざいにん》といっしょにうごめいているすがたが、お目にとまりました。

この犍陀多《かんだた》という男は、人をころしたり家に火をつけたり、いろいろ悪事《あくじ》をはたらいた

# 一

有一天，釋迦佛在極樂世界的蓮池邊，獨自兒閑蹓躂著。池裡開著的蓮花，都像玉一般的雪白，從正當中的金色花蕊裡（雄蕊、雌蕊），不斷地向四周洋溢出無法形容的芳香。這時的極樂世界正是淸晨。

不久，釋迦佛佇立於池邊，從覆蓋於水面的蓮葉間，不經意的看下面的樣子，這個極樂世界的蓮池下面，正好是地獄的底層。因此，透過水晶似的水，好像看西洋鏡一般，能淸晰地看見三途川及刀山的情景。

這時，在地獄的底層，一位叫做犍陀多的男人，和其他的罪人一起蠢動的情形，映入釋迦佛的眼裡。

這個叫犍陀多的男人，雖然是個殺人、放火、無惡不做的

註釋：①ある日：有一天。②極楽：極樂；安樂無憂的處境。③ふち：邊，緣；框；傍側。④ひとりで：獨自一人。⑤ぶらぶら：蹓躂；信步而行。⑥はすのはな：荷花；蓮花。⑦まん中：中央；當中。⑧ずい：蕊。⑨おしべ：雄蕊。⑩めしべ：雌蕊。⑪なんとかいえないよう：無法形容似的。⑫におい：香味。⑬たえまなく：不斷的；不停的。⑭たたずむ：佇立；站住。⑮すきとおる：透過。⑯三途の川：人死後到陰間去途中的河川。⑰はりの山：刀山。⑱のぞきめがね：西洋鏡；透視鏡。⑲うごめく：蠢動；蠕動。⑳すがた：情形；姿態。㉑お目にとまります：映入眼裡，看到。㉒火をつける：放火；點火。

大どろぼうでございますが、それでもたった一つ、よいことをいたしたおぼえがございます。ともうしますのは、あるときこの男がふかい林のなかをとおりますと、小さなくもが一ぴき、道ばたをはっていくのが見えました。そこで犍陀多《かんだた》はさっそく足をあげて、ふみころそうといたしましたが、

「いや、いや、これも小さいながら、命《いのち》のあるものにちがいない。その命をむやみにとるということは、いくらなんでもかわいそうだ」と、こうきゅうに思いかえして、とうとうそのくもを、ころさずにたすけてやったからでございます。

お釈迦《しゃか》さまは地獄《じごく》のようすをごらんになりながら、この犍陀多《かんだた》にはくもをたすけたことがあるのを、お思いだしになりました。そうして、それだけのよいことをしたむくいには、できるなら、この男を地獄《じごく》からすくいだしてやろうとお考えになりました。さいわい、かたわらを見ますと、ひすいのような色をしたはすの葉の上に、極楽《ごくらく》のくもが一ぴき、美しい銀色《ぎんいろ》の糸をかけております。お釈迦《しゃか》さまは、そのくもの糸をそっとお手におとりになって、玉のような白《しら》はすのあいだから、はるか下にある地獄《じごく》の底《そこ》へ、まっすぐにそれを、おおろしなさいました。

大強盜。儘管如此，記得做過一件好事，所以這麼說，那就是，有一次，這個男人穿過林的時候，看見一隻小蜘蛛在路邊爬行。因此，犍陀多立刻抬起腳來，想要踩死牠。「不，不，蜘蛛雖小，畢竟也是有生命的，要是隨便要牠的命，不管怎麼說，也是可憐的。」他突然改變主意，終於沒有殺死那隻蜘蛛，而救了牠。

釋迦佛一邊看著地獄的情形，一邊想起犍陀多曾經救過蜘蛛之事。繼而想要酬報他那僅有的善行，要是辦得到的話，打算把他從地獄裡救出來。釋迦佛一看旁邊，正好在翡翠色般的蓮葉上，有一隻極樂世界的蜘蛛，正在吐著銀白色的絲。釋迦佛悄悄地拿起那根蜘蛛絲，從像玉般的白蓮之間垂放下去，一直垂到遙遠地地獄的底層下面去。

**註釋**：①大どろぼう：大強盜。②道ばた：路旁；道旁。③はう：爬行。④さっそく：立刻；馬上；急忙。⑤ふみころす：踩死；踏死。⑥むやみに：濫殺；胡亂；隨便。⑦かわいそう：可憐。⑧思いかえす：改變主意；轉意。⑨むくい：酬報。⑩すくいだす：救出來。⑪さいわい：幸運；正好。⑫そっと：悄悄地；偷偷地。⑬かたわら：旁邊；身旁。⑭お手におとりになって：拿在手上，用手拿起來。⑮はるか：遙遠；遠遠。

## 二

こちらは地獄《じごく》の底《そこ》の血《ち》の池で、ほかの罪人《ざいにん》といっしょにういたりしずんだりしていた犍《かん》陀多《だた》でございます。なにしろどちらを見ても、まっくらで、たまにそのくらやみから、ぼんやりうきあがっているものがあると思いますと、それはおそろしい針《はり》の山の針が光るのでございますから、その心ぼそさといったらございません。そのうえあたりは墓《はか》のなかのようにしんとしずまりかえって、たまにきこえるものといっては、ただ罪人《ざいにん》がつくかすかな嘆息《たんそく》ばかりでございます。これは、ここへおちてくるほどの人間《にんげん》は、もうさまざまな地《じ》獄《ごく》の責《せ》め苦《く》につかれはてて、泣《な》き声《ごえ》をだす力さえなくなっているのでございましょう。ですからさすが大どろぼうの犍陀多《かんだた》も、やはり血《ち》の池の血にむせびながら、まるで死《し》にかかったかわずのように、ただもがいてばかりおりました。

ところがあるときのことでございます。なにげなく犍陀多《かんだた》が頭をあげて、血《ち》の池の空をながめますと、そのひっそりとしたやみのなかを、遠い遠い天上から、銀色《ぎんいろ》のくもの糸が、まるで人目にかかるのをおそれるように、ひとすじほそく光りながら、するするとじぶんの上へたれてまいるのではございませんか。犍陀多《かんだた》はこれを見ると、思わず手をうってよ

## 二

這裡是地獄底層的血池，犍陀多和其他的罪人一起載浮載沈於其間。四面八方，一片漆黑，偶而從這漆黑中浮現出朦朧的亮光。那是可怕的刀山的刀在閃爍著。要說起心中不安，簡直無法比擬。加上四周有如墓地般的死寂，偶而能聽到的，也只不過是罪人們微弱的嘆息而已。打落到這裡的人們，都已被地獄的種種刑罰折磨得疲憊不堪，連哭出聲的力氣也都沒有了，就連大盜犍陀多也在血池裡抽泣著，宛如一隻垂死的青蛙似的，只能在那裡拼命掙扎著。

然而，有一次，犍陀多無意中抬起頭來，眺望血池的上空時，在這寂靜的黑暗裡，有一根銀色的蜘蛛絲，唯恐被人們看見似的，放著細微的光，從遙遠的天際，順利的垂向自己的頭上來。犍陀多一看到這根蜘蛛絲，禁不住高興的拍起手來。

註釋：①うい たりしずんたりする：載浮載沉；一浮一沉。②まっくら：漆黑。③ぼんやり：模糊；不清楚。④うきあがる：浮現出來。⑤おそろしい：可怕的。⑥心ぼそさ：寂寞；淒涼；心中不安。⑦たまに：偶而。⑧かすかな：微弱；模糊。⑨さまざま：種種；各式各樣。⑩責め苦：責罰；折磨。⑪むせぶ：抽搭地哭。⑫もがく：拼命掙扎。⑬なにげなく：無意中。⑭ひっそく：鴉雀無聲；寂靜。⑮するする：順利地；順當的。⑯思わず：不由得。⑰手をうつ：拍手；鼓掌。

ろこびました。この糸にすがりついて、どこまでものぼっていけば、きっと地獄《じごく》からぬけだせるのにそういございません。いや、うまくいくと、極楽《ごくらく》へはいることさえもできましょう。そうすれば、もう針《はり》の山へ追いあげられることもなくなれば、血《ち》の池にしずめられることもあるはずはございません。

こう思いましたから犍陀多《かんだた》は、さっそくそのくもの糸を両手でしっかりとつかみながら、いっしょうけんめいに上へ上へとたぐりのぼりはじめました。もとより大どろぼうのことでございますから、こういうことにはむかしから、なれきっているのでございます。

しかし地獄《じごく》と極楽《ごくらく》とのあいだは、何万里《なんまんり》（一里はやく四キロ）となくございますから、いくらあせってみたところで、よういに上へはでられません。ややしばらくのぼるうちに、とうとう犍陀多《かんだた》もくたびれて、もうひとたぐりも、上のほうへはのぼれなくなってしまいました。そこでしかたがございませんから、まずひとやすみやすむつもりで糸の中途《ちゅうと》にぶらさがりながら、はるかに目の下を見おろしました。

すると、いっしょうけんめいにのぼったかいがあって、さっきまでじぶんがいた血《ち》の池は、いまではもうやみの底《そこ》にいつのまにかかくれております。それからあのぼんやり光っているおそろしい針《はり》の山も、足の下になってしまいました。このぶんでのぼっていけば、

倘若能抓住這根蜘蛛絲，一直往上攀，一定能逃出地獄的。不，如果運氣好的話，說不定還可以進入極樂世界呢！那樣的話，既不會被趕上刀上，也不會沈淪於血池裡了。

想到這裡，犍陀多立刻用兩手緊緊的抓住這根蜘蛛絲，拼命地開始往上攀升。因爲犍陀多原是個大盜，對於這種技倆老早就很熟練了。

可是，地獄和極樂世界之間，不知有多少萬里（一里約四公里）所以儘管他多麽焦急，也不容易到達上面。爬了一會兒，犍陀多終於累了，累得再也攀不上去了，迫不得已，他打算先歇一口氣，於是犍陀多懸垂在蜘蛛絲的中途，向下俯視著遙遠的地獄。

如此一來，拼命攀登有了效果，剛才自己沉浸的血池，如今已隱蔽在黑暗的底層了，還有那朦朧發亮的可怕刀山，也在腳底下了。要是如此攀登上去的話。

註釋：①すがりつく：纒住。②追いあげる：趕上。③はず：應該；理應。該。④しっかり：結實；牢固。⑤つかむ：抓；抓住。⑥いっしょうけんめいに：拼命地。⑦たぐり登る：攀升。⑧慣れ切る：熟練。⑨あせる：着急；急燥。⑩やや：稍微；稍稍。⑪くだびれる：疲乏；疲勞。⑫休み休む：一會兒一休息。⑬ぶらさがる：懸；垂。⑭かいがある：有效果。⑮ぼんやり：模糊；不清楚。

地獄《じごく》からぬけだすのも、ぞんがいわけがないかもしれません。犍陀多《かんだた》は両手をくもの糸にからみながら、ここへきてから何年にもだしたことのない声で、「しめた。しめた」とわらいました。

ところがふと気がつきますと、くもの糸の下のほうには、数かぎりもない罪人《ざいにん》たちが、じぶんののぼったあとをつけて、まるでありの行列《ぎょうれつ》のように、やはり上へ上へいっしんによじのぼってくるではございませんか。犍陀多《かんだた》はこれを見ると、おどろいたのとおそろしいのとで、しばらくはただ、ばかのように大きな口をあいたまま、目ばかりうごかしておりました。じぶんひとりでさえきれそうな、このほそいくもの糸が、どうしてあれだけの人数《にんず》のおもみにたえることができましょう。もしまんいち途中《とちゅう》できれたといたしましたら、せっかくここへまでのぼってきた、このかんじんなじぶんまでも、もとの地獄《じごく》へさかおとしにおちてしまわなければなりません。そんなことがあったら、たいへんでございます。が、そういううちにも、罪人《ざいにん》たちは何百となく何千となく、まっくらな血《ち》の池の底《そこ》から、うようよとはいあがって、ほそく光っているくもの糸を、一列《れつ》になりながら、せっせとのぼってまいります。いまのうちにどうかしなければ、糸はまんなかから二つにきれて、おちてしまうのにちがいありません。

從地獄逃出，意外的不費事也說不定。

犍陀多兩手緊握住蜘蛛絲，用來此以後好幾年來，未曾發過的聲音笑道：「太好了！太好了！」

可是他突然發覺，蜘蛛絲的下方，不也有無數的罪人們，跟隨在自己的後面，宛如螞蟻的行列一般，仍然一心一意地向上攀登著嗎？犍陀多看了這情景，既驚奇又害怕，一時好像傻子般目瞪口呆。這麽細的蜘蛛絲，只要自己一個都像是要斷了，怎能經得住那麽多人的重量呢？萬一中途斷了，連好不容易才攀登到這裡來的最要緊的自己，也必須倒栽葱地落到原來的地獄裡去，要是那樣的話，那可不得了。

可是，就在此時，那成百成千的罪人們，從黑漆漆的血池底層，很多人爬上了這根放著細微光的蜘蛛絲，排成一列，一個勁兒地拼命地向上攀登。假使不趁早想個辦法，蜘蛛絲一定從中間折成兩段，而墜落下去。

註釋：①ぞんがい：意外。②わけがない：沒什麽；不費事。③からむ：纏在⋯⋯上。④しめた：太好了。⑤数かぎりもない：無數。⑥まるで：恰像；宛如。⑦いっしん：一心一意。⑧おどろく：吃驚；意外。⑨おそろしい：可怕的；驚人的。⑩ばか：傻子；呆子。⑪たえる：堪耐；勝任。⑫せっかく：特意；好不容易；煞費苦心。⑬かんじん：首要；重要；緊要。⑭さかおとし：倒落；倒栽葱。⑮うようよ：蠢動；亂爬。⑯せっせと：一個勁兒地；拼命。⑰まんなか：中間。

そこで犍陀多《かんだた》は大きな声をだして、
「こら、罪人《ざいにん》ども。このくもの糸はおれのものだぞ。おまえたちはいったいだれにきいてのぼってきた。おりろ。おりろ」とわめきました。

そのとたんでございます。いままでなんともなかったくもの糸が、きゅうに犍陀多《かんだた》のぶらさがっているところから、ぷつりと音をたててきれました。ですから、犍陀多もたまりません。あっというまもなく風をきって、こまのようにくるくるまわりながら、みるみるうちにやみの底《そこ》へ、まっさかさまにおちてしまいました。

あとにはただ極楽《ごくらく》のくもの糸が、きらきらとほそく光りながら、月も星もない空の中途《ちゅうと》に、みじかくたれているばかりでございます。

三

お釈迦《しゃか》さまは極楽《ごくらく》のはす池のふちに立って、この一部始終《いちぶしじゅう》をじっと見ていらっしゃいましたが、やがて犍陀多《かんだた》が血《ち》の池の底《そこ》へ石のようにしずんでしまいますと、かなしそうなお顔をなさりながら、またぶらぶらお歩きになりはじめました。

じぶんばかり地獄《じごく》からぬけだそうとする、犍陀多《かんだた》の無慈悲《むじひ》な心が、そうしてその心そう

因此，犍陀多大聲地喊叫著：

「喂！罪人們！這根蜘蛛絲是我的啊！你們到底是徵求誰的同意攀登上來的？下去！下去！」

就在這個時候，本來還好好的蜘蛛絲，突然從犍陀多懸吊之處，噗哧地一聲斷了。因此，犍陀多也受不了，一下子，很快地，一陣風似的好像陀螺般的左旋右轉，眼看著倒栽下去，落入那黑漆漆的地獄底層。

其後，只有極樂世界的蜘蛛絲，仍舊放著微細的閃光，短短的，懸掛在沒有月亮也沒有星星的半空中。

三

釋迦佛佇立於極樂世界的蓮花池邊，從頭到尾注視著一切。不久當犍陀多像石頭般地沈入血池底下時，他呈現著悲憫的臉色，又繼續躑躅著。

犍陀多只想自己逃出地獄，缺乏慈悲的心，當然仍應受到應得的

**註釋**：①そこで：因此。②おれ：（對同輩及晚輩等的自稱）我；俺。③いったい：到底；究竟。④わめく：叫；喚；喊。⑤とたん：恰當；時候；剛一；時候。⑥ぷつり：線等的斷聲。⑦音を立てる：弄出聲音；發出聲響。⑧まもなく：不久；一會兒；不大功夫。⑨みるみるうちに：眼看著。⑩こま：陀螺。⑪くるくる：滴溜地轉。⑫きらきら：閃爍。⑬一部始終：從頭到尾；源源本本。⑭やがて：不久。⑮ぶらぶら：躑躅；閒逛。

とうなばつをうけて、もとの地獄《じごく》へおちてしまったのが、お釈迦《しゃか》さまのお目から見ると、あさましくおぼしめされたのでございましょう。

しかし極楽《ごくらく》のはす池のはすは、すこしもそんなことにはとんちゃくいたしません。その玉のような白い花は、お釈迦《しゃか》さまのおみ足のまわりに、ゆらゆらうてな（がく）をうごかして、そのまんなかにある金色のずいからは、なんともいえないよいにおいが、たえまなくあたりへあふれております。

極楽《ごくらく》ももう昼に近くなったのでございましょう。

報應。又墜落到原來的地獄去。這在釋迦佛的眼裡看來，想是很可憐的。

可是，在極樂世界蓮花池裏的蓮花，一點兒也不介意那樣的事情。那像玉般的白花，在釋迦佛的腳邊，搖動著花萼，而從當中的金色花蕊，不斷的向四周洋溢出無法形容的芳香。

極樂世界這時也已經將是中午了。

**註釋**：①ばつをうける：受罰。②あさましい：可憐的；可憫的。③とんちゃく：介意；放在心上。④ゆらゆら：搖動；搖幌。⑤うてな：花萼。⑥なんともいえない：無法形容；很難說。⑦におい：香味。⑧たえまなく：不斷的。⑨昼：中午。

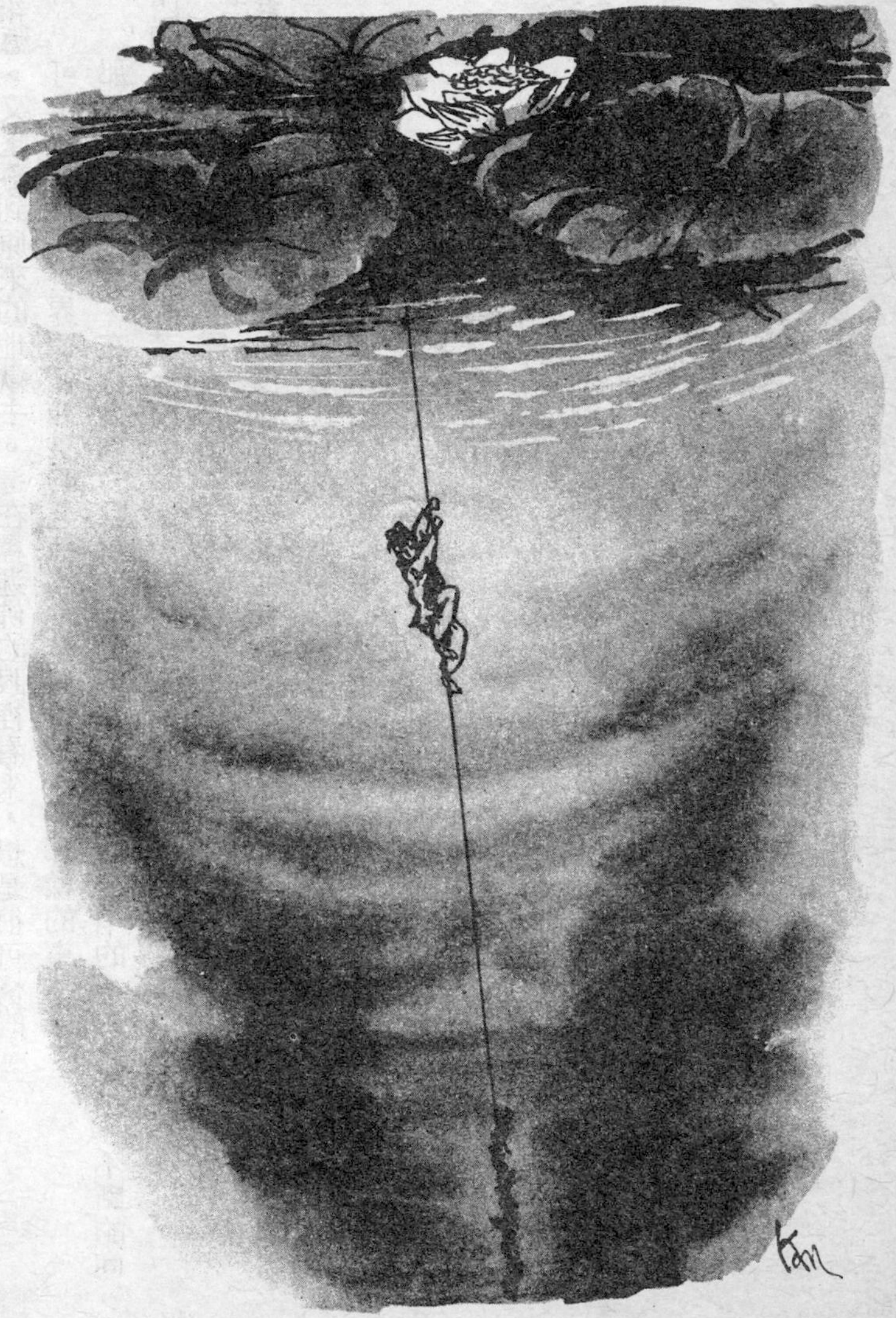

# トロッコ台車

註：トロッコ（土木工程用在軌道上行駛的）台車

小田原熱海間《おだわらあたみかん》に、軽便鉄道敷設《けいべんてつどうふせつ》の工事《こうじ》がはじまったのは、良平《りょうへい》の八つの年だった。良平は毎日村はずれへ、その工事《こうじ》を見物《けんぶつ》にいった。工事を——といったところが、ただトロッコで土をうんぱんする——それがおもしろさに見にいったのである。

トロッコの上には土工《どこう》がふたり、土をつんだうしろにたたずんでいる。トロッコは山をくだるのだから、人手《ひとで》をかりずに走ってくる。あおるように車台《しゃだい》がうごいたり、土工《どこう》のはんてんのすそがひらついたり、ほそい線路《せんろ》がしなったり——良平《りょうへい》はそんなけしきをながめながら、土工になりたいと思うことがある。せめては一度でも土工といっしょに、トロッコへのりたいと思うこともある。トロッコは村はずれの平地《へいち》へくると、しぜんとそこにとまってしまう。とどうじに土工たちは、身がるにトロッコをとびおりるがはやいか、その線路《せんろ》の終点《しゅうてん》へ車の土をぶちまける。それからこんどはトロッコをおしおし、もときた山のほうへのぼりはじめる。良平《りょうへい》はそのときのれないまでも、おすことさえできたらと思うのである。

ある夕方、——それは二月の初旬《しょじゅん》だった。良平《りょうへい》は二つ下の弟や、弟と同じ年のとなりの子どもと、トロッコのおいてある村はずれへいった。トロッコはどろだらけになったまま、うす明るいなかにならんでいる。が、そのほかはどこを見ても、土工《どこう》たちのすがたは見え

小田原和熱海之間，開始鋪設輕便鐵路的工程，是在良平八歲的那年。良平每天到村外去觀看那工程。雖說是工程，也不過是用台車搬運砂土而已。——他爲此樂趣而去看。

台車上有兩位工人，站立在堆積著的砂土後面。因爲台車是下山，所以不須假借人力台車也會滑下來。搖幌的車身；工人短外褂的下襟飄蕩著；細小的軌道彎彎曲曲——良平望著那種景象，有時想做一個工人。更有時想，至少一次也好，想和工人一起乘坐台車。台車一來到村外的平地，自然而然的停在那兒。同時工人們輕巧的跳下來，很快地把砂土傾倒在軌道的終點。然後又把台車推著推著，開始登上原先來的方向的山上，良平那時候想，即使不能坐，只要能推一推也好。

有一天黃昏——那是二月的上旬。良平和小他兩歲的弟弟，以及和弟弟同年齡的鄰居小孩，來到放著台車的村外。台車滿是泥巴，並排在薄暮中，除此之外，到處都看不見工人的影子。

**註釋**：①敷設：鋪設。②村はずれ：村外；離開村子較遠之處。③見物：觀覽；遊覽。④土工：土木工程的人。⑤たたずむ：站立著。⑥山をくだる：下山。⑦人手をかりず：不需人手。⑧あおる：搖動。⑨はんてん：工人穿的在領上和背後染出姓名、店名的一種「短外褂」。⑩すそ：下擺；底襟。⑪ひらつく：飄蕩。⑫しなう：彎曲；順隨。⑬ないまでも：即使不是；即使沒有。

なかった。三人の子どもはおそるおそる、いちばんはしにあるトロッコをおした。トロッコは三人の力がそろうと、とつぜんごろりと車輪《しゃりん》をまわした。良平《りょうへい》はこの音にひやりとした。しかし二度めの車輪《しゃりん》の音は、もうかれをおどろかさなかった。ごろり、ごろり、――トロッコはそういう音とともに、三人の手におされながら、そろそろ線路《せんろ》をのぼっていった。

そのうちにかれこれ十間《けん》（一間はやく一・八メートル）ほどくると、線路のこうばいが急《きゅう》になりだした。トロッコも三人の力では、いくらおしてもうごかなくなった。どうかすれば車といっしょに、おしもどされそうにもなることがある。良平《りょうへい》はもういいと思ったから、年下のふたりにあいずをした。

「さあ、のろう?」

かれらは一度に手をはなすと、トロッコの上へとびのった。トロッコはさいしょおもむろに、それからみるみる、いきおいよく、ひと息《いき》に線路《せんろ》をくだりだした。そのとたんに、つきあたりの風景《ふうけい》は、たちまち両がわへわかれるように、ずんずん目のまえへ展開《てんかい》してくる。良平は顔にふきつける日のくれの風を感じながら、ほとんどうちょうてんになってしまった。

しかしトロッコは二、三分ののち、もうもとの終点《しゅうてん》にとまっていた。

三個孩子，戰戰兢兢地推著最前面的台車。台車在三人合力一推之下，車輪突然轆轆地轉動了起來，良平被這突然的聲音嚇了一跳。然而，第二次的聲音已不再使他吃驚了。轆轆轆轆——台車隨著這聲音，被三個人的手推動著慢慢地爬上了軌道。

就這樣大約走了十間（一間約一・八公尺），軌道的坡度突然陡了起來。以三個人的力量，無論如何也推不動台車。偶而稍一鬆手，或許就要和車子一起被推回去。良平認爲已經可以了。就對兩個年小的做個信號。

「來吧！坐吧！」

他們同時放開手，就跳上了台車，台車起初遲緩地，然後眼看著氣勢很好，一口氣就滑下了軌道。霎時，軌道盡頭的風景，忽然像是從兩旁分開似地，迅速地展現於眼前——良平感覺受到晚風吹拂的臉頰，眞是興高采烈得意洋洋。

可是兩、三分鐘之後，台車已經停在原處。

**註釋**：①おそるおそる：戰戰兢兢。②はし：端；頭。③そろう：齊；湊在一起。④ごろり：轆轆。⑤そろそろ：慢慢地；徐徐。⑥かれこれ：大約；將近。⑦こうばい：傾斜；坡度。⑧あいず：信號。⑨手をはなす：放手。⑩おもむろに：慢慢地；徐徐地。⑪ひと息：一口氣。⑫線路：軌道。⑬とたん：恰好……時候；剛一……時候。⑭つきあたり：盡頭。⑮たちまち：忽然。⑯ずんずん：迅速貌。⑰うちょうてん：得意洋洋；興高采烈。

「さあ、もう一度おすじゃあ。」

良平《りょうへい》は年下のふたりといっしょに、またトロッコをおしあげにかかった。が、まだ車輪《しゃりん》もうごかないうちに、とつぜんかれらのうしろには、だれかの足音がきこえだした。のみならずそれはきこえだしたと思うと、きゅうにこういうどなり声にかわった。

「このやろう！ だれにことわってトロにさわった？」

そこには古い印《しるし》ばんてんに、季節《きせつ》はずれの麦《むぎ》わらぼうをかぶった、背《せ》の高い土工《どこう》がたたずんでいる。――そういうすがたが目にはいったとき、良平《りょうへい》は年下のふたりといっしょに、もう五、六間《けん》にげだしていた。――それぎり良平は使いの帰りに、人気《ひとけ》のない工事場《こうじば》のトロッコを見ても、二度とのってみようと思ったことはない。ただそのときの土工《どこう》のすがたは、いまでも良平の頭のどこかに、はっきりした記憶《きおく》をのこしている。うすあかりのなかにほのめいた、小さい黄色の麦《むぎ》わらぼう、――しかしその記憶《きおく》さえも、年ごとに色彩《しきさい》はうすれるらしい。

そののち十日あまりたってから、良平《りょうへい》はまたたったひとり、昼すぎの工事場《こうじば》にたたずみながら、トロッコのくるのをながめていた。すると土をつんだトロッコのほかに、まくら木をつんだトロッコが一両、これは本線《ほんせん》になるはずの、ふとい線路《せんろ》をのぼってきた。この

「來吧！再推一次吧！」

良平和年小的兩個，又着手把台車推上去。可是，車輪還未動，就突然聽見後面有什麽人的腳步聲。不僅如此，當他們一聽到這腳步聲的同時，一下子變成了怒罵聲了。

「你這小子，跟誰請示來碰台車的？」

那裏站著一位穿著印有標誌的舊短外褂，戴著不合季節的麥稈草帽的高個子工人。——當看到那樣的身影時，良平和年小的兩個人，已經逃至五、六間處（約三十公尺遠）——從此以後，良平在辦事的歸途，即使看見了沒有人影的工地台車，他也從不想再坐一次了。只是，當初那個工人的身影，至今還在良平的腦海深處，留著清晰的記憶，在薄暮中隱約的露出，小小黃色的麥稈帽——但是，連那些記憶，似乎也一年比一年地淡忘了。

之後，約過了十幾天，良平又獨自一個人站立在已過正午的工地，眺望著台車的到來。這時，除了載著砂土的台車外，還有一輛載著枕木的台車，爬上了將成爲幹道的粗軌道來。

**註釋**：①足音：腳步聲。②どなり声：怒罵聲；斥責聲。③のみならず：不但如此。④ことわる：事先說好；預先通知。⑤季節はずれ：不合季節。⑥むぎわらぼう：麥稈草帽。⑦背が高い：高個子。⑧それぎり：只有那一次。⑨使い：買東西；辦事。⑩人気のない：沒有人影。⑪うすあかり：薄暮；微光。⑫ほのめく：隱約地、露出；表現出。⑬年ごと：逐年。

トロッコをおしているのは、ふたりともわかい男だった。良平《りようへい》はかれらを見たときから、なんだかしたしみやすいような気がした。「この人たちならばしかられない。」——かれはそう思いながら、トロッコのそばへかけていった。

「おじさん。おしてやろうか?」

そのなかのひとり、——しまのシャツをきている男は、うつむきにトロッコをおしたま、思ったとおりこころよい返事《へんじ》をした。

「おお、おしてくよう。」

良平《りようへい》はふたりのあいだにはいると、力いっぱいおしはじめた。

「われはなかなか力があるな。」

他《た》のひとり、——耳にまきたばこをはさんだ男も、こう良平をほめてくれた。

そのうちに線路《せんろ》のこうばいは、だんだんらくになりはじめた。

「もうおさなくともいい。」——良平はいまにもいわれるかと内心《ないしん》気がかりでならなかった。が、わかいふたりの土工《どこう》は、まえよりもこしをおこしたきり、もくもくと車をおしつづけていた。良平はとうとうこらえきれずに、おずおずこんなことをたずねてみた。

「いつまでもおしていていい?」

推著這輛台車的兩個人，都是年輕人。良平從見了他們之後，不知爲什麽，總覺得好像易於親近。「要是這些人的話，就不會被罵。」—他一邊這樣地想著，一邊跑向台車。

「叔叔，幫你推好嗎？」

其中的一人——穿著條紋襯衫的人，仍然埋首推著台車，却如其所想地爽快的回答：

「噢！幫我推吧！」

良平一進入兩人之間，就開始用力的推著。

「你相當有力氣嘛！」

另外的一個人——把香烟夾在耳朵上的男人，如此地讚賞著良平。

不久，軌道的坡度，漸漸地平緩了下來。

「已經可以不要推了。」——良平內心裡非常擔心著他們馬上就要這麽說。但兩個年輕的工人，只是把腰挺得比以前直一些，仍默默地繼續推著台車，良平終於忍不住，怯怯地問道：

「可以一直推嗎？」

**註釋**：①なんだか：（不知爲什麽）總有點；總覺得。②気がする：好像。③しまのシャツ：條紋的襯衫。④うつむきに：埋首地。⑤こころよい：高興地；愉快地。⑥われ：（お前）：你。⑦こうばい：傾斜面；坡度。⑧そのうち：過幾天；不久。⑨今にも：馬上；不久。⑩気がかり：不放心；擔心。⑪もくもく：不聲不響；默默。⑫おずおず：提心吊膽。⑬いつまでも：永遠；始終。

「いいとも。」

ふたりはどうじに返事《へんじ》をした。良平《りょうへい》は「やさしい人たちだ」と思った。

五、六町《ちょう》（一町はやく百九メートル）あまりおしつづけたら、線路《せんろ》はもう一度急《きゅう》こうばいになった。そこには両がわのみかん畑《ばたけ》に、黄色い実がいくつも日をうけている。

「のぼり道のほうがいい、いつまでもおさせてくれるから。」――良平《りょうへい》はそんなことを考えながら、全身《ぜんしん》でトロッコをおすようにした。

みかん畑のあいだをのぼりつめると、きゅうに線路《せんろ》はくだりになった。しまのシャツをきている男は、良平に「やい、のれ」といった。良平はすぐにとびのった。トロッコは三人がのりうつるとどうじに、みかん畑のにおいをあおりながら、ひたすべりに線路を走りだした。「おすよりものるほうがずっといい。」――良平ははおりに風をはらませながら、あたりまえのことを考えた。「いきにおすところがおおければ、帰りにまたのるところがおおい。」――そうもまた考えたりした。

竹《たけ》やぶのあるところへくると、トロッコはしずかに走るのをやめた。三人はまたまえのように、おもいトロッコをおしはじめた。竹やぶはいつか雑木林《ぞうきばやし》になった。つまさきあがりのところどころには、赤さびの線路《せんろ》も見えないほど、落《お》ち葉《ば》のたまっている場所《ばしょ》もあっ

「當然可以」

「兩人同時回答，良平心想著：「眞是慈祥的人們。」

繼續推了五、六町（一町約一百零九公尺）軌道再次地變成了急斜坡。在那裡兩旁的橘子園裡，金黃色的果實纍纍，映照在陽光之下。

「上坡路比較好，因爲他們會讓我一直推！」

——良平一邊想著，一邊好像用全身的力氣推著。

一推到橘子園頂峰時，軌道突然變成了下坡路，穿著條紋襯衫的男人，對良平說：「喂！坐吧！」良平馬上跳上去坐著。三個人坐上台車同時，台車夾帶著橘子園的芳香，一個勁兒地在軌道上滑行起來。「坐比推好得多！」——良平邊讓外褂被風吹得鼓鼓地，邊想著理所當然的事。「要是去時推的地方愈多，回來時坐的地方就愈多。」良平又這麽想著。

一來到有竹林處的地方，台車就慢慢地停下來，三個人又和剛才一樣地，開始推起沉重的台車。竹林在不知不覺中轉變成了雜樹林。上坡路處處堆積著落葉，甚至有的地方幾乎把銹紅的軌道掩蓋住了。

註釋：①とも：當然；一定。②やさしい：懇切的；慈祥的。③こうばい：傾斜面；坡度。④のぼりつめる：到頂點；登到頂峯。⑤やい：喂。⑥のりうつる：換乘。⑦あおる：煽；吹動。⑧ひた：（接頭語）一個勁地的意思。⑨はおり：外褂。⑩あたりまえ：當然；應該。⑪竹やぶ：竹林；竹叢。⑫いつか：不知不覺。⑬つまさきあがり：上坡路。⑭あかさび：銹紅。

た。その道をやっとのぼりきったら、こんどは高いがけのむこうに、ひろびろとうすらさむい海がひらけた。とどうじに良平《りょうへい》の頭には、あまり遠くきすぎたことが、きゅうにはっきりと感じられた。

三人はまたトロッコへのった。車は海を右にしながら、雑木《ぞうき》の枝《えだ》の下を走っていった。しかし良平はさっきのように、おもしろい気持ちにはなれなかった。「もう帰ってくれればいい。」――かれはそうも念《ねん》じてみた。が、いくところまでいきつかなければ、トロッコもかれらも帰れないことはもちろんかれにもわかりきっていた。

そのつぎに車のとまったのは、きりくずした山をせおっている、わら屋根《やね》の茶店《ちゃみせ》のまえだった。ふたりの土工《どこう》はその店へはいると、乳《ち》のみ子《こ》をおぶったかみさんを相手《あいて》に、ゆうゆうと茶などをのみはじめた。良平はひとりいらいらしながら、トロッコのまわりをまわってみた。トロッコにはがんじょうな車台《しゃだい》の板《いた》に、はねかえったどろがかわいていた。

しばらくののち茶店をでてきしなに、まきたばこを耳にはさんだ男は、(そのときはもうはさんでいなかったが)トロッコのそばにいる良平《りょうへい》に新聞紙《しんぶんし》につつんだ駄菓子《だがし》をくれた。良平は冷淡《れいたん》に「ありがとう」といった。が、すぐに冷淡にしては、相手《あいて》にすまないと思いなおした。かれはその冷淡《れいたん》さをとりつくろうように、つつみ菓子《がし》の一つを口へいれた。菓《か》

好不容易爬上了那段路，這回在高崖的對面，是遼濶而有點兒微寒的海敞亮著。同時，在良平的腦海裡，忽然淸晰地感到來到太遠了。

三人又坐上台車，海在車子的右邊，車子在雜木的樹枝下行駛著。然而，良平的心情不像剛才般地愉快。「如果就要往回走的話多好啊！」他曾那樣地試著祈禱著。但他當然知道，不達到目的地，台車和他們是不能回去的。

第二次，車子在背後被削平山坡的稻草屋頂的茶店前面停下來。兩個工人一進入店裡，就與揹著嬰兒的老板娘，悠然地開始喝起茶來了。良平獨自著急，繞著台車周圍看著，飛濺在台車堅固車身板上的泥巴已經乾了。

過了一會兒，從茶店出來，來時把香烟夾在耳朵上的人（那時已經沒有夾著了），把用報紙包著的粗點心，遞給在台車旁的良平。良平冷淡的說了聲「謝謝」。但馬上想到，口氣這麼冷淡實在失禮，他好像要掩飾那冷淡似的，把包著的點心塞進了嘴裡。

**註釋**：①やっと：好容易。②ひろびろ：寬廣；遼濶。③うすらさむい：微寒的；有點兒冷的。④ひらける：寬敞；敞亮。⑤念じる：思念；想念；暗暗祈禱。⑥行きつく：達到目的地。⑦きりくずす：砍低；削低；鑿開。⑧乳のみ子：乳兒；吃奶孩子。⑨かみさん：（一般人的）妻；老婆。⑩ゆうゆう：悠然；從容不迫；不慌不忙。⑪いらいら：着急；焦躁。⑫かんじょう：構造的（堅固）。⑬はねかえる：飛濺。⑭きしな：來時；來的途中。⑮だがし：粗糙點心。

子《し》には新聞紙《しんぶんし》にあったらしい、石油《せきゆ》のにおいがしみついていた。

三人はトロッコをおしながら、ゆるい傾斜《けいしゃ》をのぼっていった。良平《りょうへい》は車に手をかけていても、心はほかのことを考えていた。

その坂《さか》をむこうへおりきると、また同じような茶店《ちゃみせ》があった。土工《どこう》たちがそのなかへはいったあと、良平はトロッコにこしをかけながら、帰ることばかり気にしていた。茶店のまえには花のさいたうめに、西日の光がきえかかっている。「もう日がくれる。」――かれはそう考えると、ぼんやりこしかけてもいられなかった。トロッコの車輪《しゃりん》をけってみたり、ひとりではうごかないのをしょうちしながら、うんうんそれをおしてみたり、――そんなことに気持ちをまぎらせていた。

ところが土工《どこう》たちはでてくると、車の上のまくら木に手をかけながら、むぞうさにかれにこういった。

「われ《かい》はもう帰んな。おれたちはきょうはむこうどまりだから。」

「あんまり帰りがおそくなるとわれ《かい》のうちでも心配《しんぱい》するずら。」

良平《りょうへい》は一瞬間《いっしゅんかん》あっけにとられた。もうかれこれくらくなること、去年《きょねん》のくれ、母と岩村《いわむら》まできたが、きょうの道はその三、四ばいあること、それをいまからたったひとり、歩い

點心好像還沾上了報紙上的石油氣味。

三人推著台車，爬著不陡的斜坡。良平雖然把手放在車上，心裡卻想著另外的事。越過山坡下到坡底時，又有同樣的茶店。工人們進入那裡面以後，良平雖然坐在車上，但是擔心著回家的事。在茶店前面開著花的梅樹上，夕陽的餘暉已快消失了。──「已經 天黑了」─他如此的想著，再也無法茫然地坐著。他踢著台車的輪子，明知一個人推不 動，却唉！唉！地推著 ─ 就這樣排遣著心情。

然而，工人們一出來，就把手放在車上的枕木上，漫不經心地對他如此地說：

「你回去吧！我們今天要住在那邊。」

「要是回家太晚的話，你的家人會擔心吧？」

良平剎那間嚇得目瞪口呆。已經快要天黑的事情；去年年底，雖然曾和母親到過岩村，可是，今天的路程卻有那時的三、四倍遠，而現在必須一個人獨自走回去的事情。

註釋：①しみつく：染上；沾染上。②ゆるい：不陡的。③にしび：夕陽。④日がくれる：日暮；天黑。⑤うんうん：唉（用力聲）。⑥まぎらす：排遣。⑦むぞうさに：漫不經心；隨隨便便。⑧心配する：擔心。⑨ずら：（だろう）表推測。⑩あっけ：發呆。⑪あっけにとられる：呆若木雞。⑫かれこれ：大約；將近。

て帰らなければならないこと——そういうことがいちどきにわかったのである。良平《りょうへい》はほとんど泣《な》きそうになった。が、泣いてもしかたがないと思った。泣いているばあいではないとも思った。かれはわかいふたりの土工《どこう》に、とってつけたようなおじぎをすると、どんどん線路《せんろ》づたいに走りだした。

良平はしばらく、むがむちゅうに線路《せんろ》のそばを走りつづけた。そのうちにふところの菓《か》子《し》づつみが、じゃまになることに気がついたから、それを道ばたへほうりだすついでに、板《いた》ぞうりもそこへぬぎすててしまった。するとうすいたびのうらへじかに小石がくいこんだが、足だけははるかにかるくなった。かれは左に海を感じながら、きゅうな坂道《さかみち》をかけのぼった。ときどきなみだがこみあげてくると、しぜんに顔がゆがんでくる。——それはむりにがまんしても、鼻《はな》だけはたえずくうくうなった。

竹《たけ》やぶのそばをかけぬけると、夕やけのした日金山《ひがねやま》の空も、もうほてりがきえかかっていた。良平はいよいよ、気が気でなかった。いきと帰りとかわるせいか、けしきのちがうのも不安《ふあん》だった。するとこんどは着物《きもの》までも、あせのぬれとおったのが気になったから、やはりひっしにかけつづけたなりはおりを道ばたへぬいですてた。

みかん畑《ばたけ》へくるころには、あたりはくらくなるいっぽうだった。「命《いのち》さえたすかれば

——他一下子明白了這些事情。良平幾乎要哭出來。但心想哭也沒有用，而且也不是哭的時候。他對兩個年輕的工人行了個極不自然的禮，很快地沿着軌道跑起來了。

良平在軌道旁拼命地跑了不久，這時因爲覺得懷裡的點心包是個累贅，所以就把它拋棄在路邊，順便也把木板拖鞋脫下來丟掉。這麼一來，雖然小石子直接跑進了薄薄的布襪子裡面，但因只是腳，所以已輕快多了。他雖然意識到左邊就是大海，但仍然跑上了急斜坡。有時淚水湧上來，臉孔也自然地扭曲了——就是勉強地忍住，鼻子還是咕嚕咕嚕地響個不停。

跑過了竹林旁邊時，日金山上空的晚霞餘暉，已經將要消失了。良平更加心神不安，由於來和回不同的緣故，景色的不同，也會令人不安。因爲，這次擔心衣服被汗滲透溼了，卻仍然拼命地不斷跑著，把外褂脫下來，丟在路旁。

來到橘子園時，四周一片漆黑，「只要能保住生命——」

註釋：①いちどきに：一下子。②とってつける：極不自然；虛假。③どんどん：很快的。④線路づたい：沿着軌道。⑤むがむちゅう：拼命。⑥じゃまになる：累贅。⑦ほうりだす：拋出去。⑧ついでに：順便；順手。⑨足袋：日本式的布襪子。⑩食いこむ：吃入；侵入；深入。⑪こみ上げる：往上湧；湧現。⑫ゆがむ：歪；扭歪。⑬いよいよ：終於；越。⑭気が気でない：坐立不安；心神不安。

――。」良平《りようへい》はそう思いながら、すべってもつまずいても走っていった。

やっと遠い夕やみのなかに、村はずれの工事場《こうじば》が見えたとき、良平はひと思いに泣《な》きたくなった。しかしそのときもべそはかいたが、とうとう泣《な》かずにかけつづけた。

かれの村へはいってみると、もう両がわの家いえには、電燈《でんとう》の光がさしあっていた。良平はその電燈《でんとう》の光に、頭からあせのゆげのたつのが、かれ自身《じしん》にもはっきりわかった。井《い》戸《と》ばたに水をくんでいる女衆《おんなしゅう》や、畑《はたけ》から帰ってくる男衆《おとこしゅう》は、良平があえぎあえぎ走るのを見ては、「おいどうしたね？」などと声をかけた。が、かれは無言《むごん》のまま、雑貨屋《ざっかや》だの床《とこ》屋《や》だの、明るい家のまえを走りすぎた。

かれの家の門口《かどぐち》へかけこんだとき、良平はとうとう大声に、わっと泣《な》きださずにはいられなかった。その泣《な》き声《ごえ》はかれのまわりへ、いちどきに父や母をあつまらせた。ことに母はなんとかいいながら、良平のからだをかかえるようにした。が、良平は手足をもがきながら、すすりあげすすりあげ泣きつづけた。その声があまりはげしかったせいか、近所《きんじょ》の女衆《おんなしゅう》も三、四人、うすぐらい門口《かどぐち》へあつまってきた。父母《ちちはは》はもちろんその人たちは、くちぐちにかれの泣《な》くわけをたずねた。しかしかれはなんといわれても泣きたてるよりほかにしかたがなかった。あの遠い道をかけとおしてきた、いままでの心ぼそさをふりかえると、

良平如此想著，不顧滑倒、跌倒不停地跑著。

好不容易在薄暮裏看見村外的工地時，良平眞想痛哭一場，雖然那時想哭，但還是沒哭出來而繼續地跑著。

一跑進他的村子裏一看，兩旁的住家，都已經燈火輝映了。良平自己也淸楚地知道，在那燈光下，頭上冒著汗氣。在井邊打水的女人們以及從田園裏回來的男人們，看到良平氣喘喘地跑著，就問道：「喂！怎麽啦？」但，他依舊一言不發地，跑過了雜貨店，跑過了理髮店，跑過了明亮的房子前。

跑進他家的門口時，良平終於忍不住，「哇」的一聲大哭起來。那哭聲猛地使得父母親圍在他的身邊，尤其是母親，一邊喃喃地說著，一邊好像就要抱起良平似的，但是良平扭動著身體，不斷嗚嗚地啜泣著。或許是那聲音太激烈的關係，三、四位鄰居的女人也聚集到微暗的門口來。別說父母親就是那些人，也都異口同聲地問他哭泣的原因。可是，他不管別人怎麽說，除了哭泣之外別無辦法。回想起剛才心中不安地跑過那條遠路，

**註釋**：①つまずく：絆倒；跌倒。②ゆうやみ：薄暮。③ひとおもいに：一狠心；一咬牙。④べそをかく：要哭。⑤いどばた：井邊。⑥水をくむ：汲水；打水。⑦おい：（用以呼喚平輩或晚輩時）喂！⑧声をかける：招呼；叫（人）。⑨無言：不說話；沈默。⑩かけこむ：跑進去。⑪かかえる：抱。⑫もがく：扭動（身體）；拼命掙扎。⑬すすり上げる：啜泣；抽泣。⑭うすぐらい：發暗的；微暗的。⑮こころぼそさ：心中不安的。⑯くちぐち：異口同聲。

いくら大声に泣《な》きつづけても、たりない気持ちにせまられながら、……

良平《りようへい》は二十六の年、妻子《さいし》といっしょに東京へでてきた。いまではある雑誌社《ざっししゃ》の二階《かい》に、校正《こうせい》の朱筆《しゅひつ》をにぎっている。が、かれはどうかすると、ぜんぜんなんの理由《りゆう》もないのに、そのときのかれを思いだすことがある。ぜんぜんなんの理由もないのに?――塵労《じんろう》につかれたかれのまえにはいまでもやはりそのときのように、うすぐらいやぶや坂《さか》のある道が、ほそぼそとひとすじ断続《だんぞく》している。……

無論怎麽放聲大哭，也還不夠的心情所逼迫……。

良平二十六歲那年，和妻子一起來到東京。現在在某個雜誌社的二樓，拿著校對用的紅筆。但有時候動不動就會毫無緣故地想起那時的他，完全毫無理由嗎？——在爲飽受生活勞苦的他的眼前，至今仍像當時一般，有著微暗的竹叢及有坡道的道路上，像細細的一條線似的斷斷續續地……。

**註釋**：①いくら……ても：無論怎麽……也。②ながら：像……一樣；如同。③こうせい：校對。④にぎる：握；抓。⑤どうかすると：有時；偶而；動不動就……。⑥ぜんぜん：全然；完全。⑦思い出す：想起來；開始想。⑧塵勞：塵世的苦勞。⑨やはり：依然；同樣。⑩やぶ：竹叢。⑪ほそぼそ：細細的。⑫ひとすじ：一條。⑬だんぞく：斷續；間斷。

鼻《はな》

# 鼻子

禅智内供《ぜんちないぐ》の鼻《はな》といえば、池《いけ》の尾《お》で知らないものはない。長さは五、六寸《すん》(一寸はやく三センチ)あって、うわくちびるの上からあごの下までさがっている。形はもともさきも同じようにふとい。いわばほそ長い腸《ちょう》づめのようなものが、ぶらりと顔のまんなかからぶらさがっているのである。

五十歳《さい》をこえた内供《ないぐ》は、沙弥《しゃみ》のむかしから内道場供奉《ないどうじょうぐぶ》の職《しょく》にのぼった今日《こんにち》まで、内心《ないしん》ではしじゅうこの鼻を苦《く》にやんできた。もちろん表面《ひょうめん》では、いまでもさほど気にならないような顔をしてすましている。これは専念《せんねん》に当来《とうらい》の浄土《じょうど》を渇仰《かつごう》すべき僧侶《そうりょ》の身で、鼻の心配《しんぱい》をするのがわるいと思ったからばかりではない。それよりむしろ、じぶんで鼻を気にしているということを、人に知られるのがいやだったからである。内供は日常《にちじょう》の談話《だんわ》のなかに、鼻ということばがでてくるのをなによりもおそれていた。

内供《ないぐ》が鼻《はな》をもてあました理由《りゆう》は二つある。――一つは実際的《じっさいてき》に、鼻の長いのがふべんだったからである。だいいちめしを食《く》うときにもひとりでは食えない。ひとりで食えば、鼻のさきがかなまり(金属製《きんぞくせい》のわん)のなかのめしへとどいてしまう。そこで内供《ないぐ》は弟子《でし》のひとりをぜんのむこうへすわらせて、めしを食うあいだじゅう、広さ一寸《すん》長さ二尺《しゃく》(一尺はやく三十センチ)ばかりの板《いた》で、鼻をもちあげていてもらうことにした。しかしこうしてめ

說起禪智內供的鼻子，在池之尾一地是沒有人不知道的。它有五、六寸長（一寸約三公分），從上唇之上面垂到下顎之下面，形狀是鼻根和鼻尖一樣粗。可說是像一根細長的香腸一樣，從臉孔的中央搭拉著。

已過了五十歲的內供，自從當沙彌的往昔開始，直到升為內道場供奉之職的今日，心裡始終爲了這鼻子而煩惱。當然在表面上，就是現在，他也是裝作毫不在乎的樣子。與其說他身爲僧侶，應該專心景仰來世的極樂淨土，而不該總是擔心着鼻子，倒不如說是自己爲鼻子這件事憂愁，他不願讓人知道。內供在日常談話中，特別怕提到鼻子這句話。

內供對於鼻子難以處理的理由有二——其一是實際的，因爲鼻子長不方便。第一是吃飯的時候，自己一個人就不能吃。如果一個人吃的話，鼻尖會垂到碗（金屬製的碗）裡的飯。因此，內供一定叫一個弟子坐在飯桌的對面，當他吃飯的時候，用一塊寬一寸長二尺左右的板子，把鼻子掀起來。可是，

**註釋**：①池の尾：（地名）在京都。②さがる：垂；垂懸。③いわば：說起來；可以說。④腸づめ：香腸。⑤ぶらさがる：搭拉，吊；垂。⑥さほど：那樣；那麽。⑦気になる：放心不下；懸念。⑧専念に：專心。⑨当來：（佛）來世。⑩渴仰する：虔信；景仰。⑪…よりむしろ：與其…不如。⑫気にする：放在心上；介意。⑬もてあます：無法對付；難於處理。

しを食《く》うということは、もちあげている弟子《でし》にとっても、もちあげられている内供《ないぐ》にとっても、けっしてよういなことではない。一度この弟子のかわりをした中童子《ちゅうどうじ》が、くさめをしたひょうしに手がふるえて、鼻《はな》をかゆのなかへおとした話は、当時京都《とうじきょうと》まで喧伝《けんでん》(いいつたえる)された。——けれどもこれは内供《ないぐ》にとって、けっして鼻を苦《く》にやんだおもな理由《りゆう》ではない。内供はじつにこの鼻によってきずつけられる自尊心《じそんしん》のためにくるしんだのである。

池《いけ》の尾《お》の町のものは、こういう鼻をしている禅智内供《ぜんちないぐ》のために、内供の俗《ぞく》でないことをしあわせだといった。あの鼻ではだれも妻《つま》になる女があるまいと思ったからである。なかにはまた、あの鼻だから出家《しゅっけ》したのだろうとひひょうするものさえあった。しかし内供は、じぶんが僧《そう》であるために、いくぶんでもこの鼻にわずらわされることがすくなくなったと思っていない。内供《ないぐ》の自尊心《じそんしん》は、妻帯《さいたい》というような結果的《けっかてき》な事実《じじつ》に左右《さゆう》されるためには、あまりにデリケートにできていたのである。そこで内供は、積極的《せっきょくてき》にも消極的《しょうきょくてき》にも、この自尊心《じそんしん》のきそんを回復《かいふく》しようとこころみた。

だいいちに内供《ないぐ》の考えたのは、この長い鼻《はな》をじっさいいじょうにみじかく見せる方法《ほうほう》である。これは人のいないときに、鏡《かがみ》へむかって、いろいろな角度《かくど》から顔をうつしながら、ねっしんにくふうをこらしてみた。どうかすると、顔の位置《いち》をかえるだけでは、安心《あんしん》がで

這樣子吃飯，對於掀着鼻子的弟子，或者被掀着鼻子的內供來說，決不是一件容易的事。有一次，有個中童子代替那弟子，當他打噴嚏的時候，手一震動，就把鼻子掉進粥中了。這件事，當時也被傳到京都——雖然如此，這對內供來說，並不是爲了鼻子而煩惱的最主要的理由。其實內供是由於這個鼻子傷害了他的自尊心而煩惱。

池之尾街上的人們說道對有着這種鼻子的禪智內供來說，幸好不是普通人。因爲他們認爲他有那個鼻子，沒有一個女人願做他的妻子吧！其中，甚至有人批評他，因爲他長了那種鼻子才出家的吧！但是，內供並不覺得因爲自己是個僧侶，而對於鼻子便減輕了幾分煩惱，內供的自尊心，由於被類似娶妻之類結果的事實所左右，所以自尊心是很敏感的。因此，內供無論在積極的或消極的方面，都試著要把那毀損了的自尊心恢復過來。

第一，內供考慮的是，把這長鼻子使人看起來比實際上短些的辦法，在沒有人的時候，對着鏡子，一面從各種角度照著臉察看，一面認眞的細心鑽研。有時，覺得僅靠變換臉的位置，還是不能放心，

註釋：①中童子：寺中打雜少年。②くさめ：噴嚏。③ひょうし：當……的時候。⑦わずらわす：使煩惱；爲……而苦惱。⑧妻帯：娶妻；成家。⑨デリケート：敏感的。⑩くふう：想辦法。⑪どうかすると：有時；偶而。⑫安心が出来ない：不放心。

④ふるえる：震動；發抖。⑤喧伝：宣傳；盛傳。⑥俗：非僧侶指普通人。

きなくなって、ほおづえをついたり、あごのさきへ指をあてがったりして、根気《こんき》よく鏡《かがみ》をのぞいてみることもあった。しかしじぶんでもまんぞくするほど、鼻《はな》がみじかく見えたことは、これまでにただの一度もない。ときによると、苦心《くしん》すればするほど、かえって長く見えるような気さえした。内供《ないぐ》は、こういうときには、鏡《かがみ》をはこへしまいながら、いまさらのようにため息《いき》をついて、ふしょうぶしょうにまたもとの経《きょう》づくえへ、観音経《かんのんぎょう》をよみにかえるのである。

それからまた内供《ないぐ》は、たえず人の鼻《はな》を気にしていた。池《いけ》の尾《お》の寺は、僧供講説《そうぐこうせつ》などのしばしばおこなわれる寺である。寺のうちには、僧坊《そうぼう》がすきなくたてつづいて、湯屋《ゆや》では寺の僧《そう》が日ごとに湯《ゆ》をわかしている。したがってここへでいりする僧俗《そうぞく》のたぐいもはなはだおおい。内供はこういう人びとの顔を根気《こんき》よく物色《ぶっしょく》した。ひとりでもじぶんのような鼻のある人間《にんげん》を見つけて、安心《あんしん》がしたかったからである。だから内供の目には、紺《こん》の水干《すいかん》も白のかたびらもはいらない。ましてこうじ色（みかん色）のぼうしや、しいにび（うす黒い色）のころもなぞは、見なれているだけに、あれどもなきがごとくである。内供《ないぐ》は人を見ずに、ただ、鼻を見た。——しかしかぎ鼻はあっても、内供のような鼻は一つも見あたらない。その見あたらないことがたびかさなるにしたがって、内供《ないぐ》の心はしだいにまた不快《ふかい》になっ

於是有時，用兩手托頰，有時用指頭按着下額，耐性地照著鏡子。可是，鼻子看起來能短到令自己滿意的時候，到目前爲止，似乎一次也沒有。有時候，覺得愈是費盡心血，覺得愈長。內供這個時候，一面把鏡子收拾在箱子裡，一面好像事到如今也沒有辦法似的長嘆一聲，勉勉強強又回到先前的經桌上，誦讀觀音經了。

其次，內供還經常留意別人的鼻子。池之尾寺是經常舉行談經說法的寺院。寺院裡，鱗次櫛比，僧房毫無空隙。洗澡間，每天都有和尙在燒開水，因此在這裡出入的和尙和俗人非常多。內供很有耐性地觀察這些人們的臉孔，因爲他也希望能找到一位像他的鼻子一樣的人，堪以安慰自己。所以俗人所穿的藏青色衣服和白色的絲織單衣是引不起內供的注意的，更何況枯黃色的帽子，或古銅色的法衣都是平常所看慣的，現在更視若無睹。內供不看人而只看鼻子——可是，雖有鷹鈎鼻，卻找不到一個像內供那樣的鼻子。愈是找不到，愈增加內供內心的不舒服。

**註釋**：①ほおづえをつく：(兩肘墊在桌子上以兩手)托腮。②根気：耐性。③のぞく：探望；窺視。④いまさら：事到如今。⑤ためいきをつく：長嘆一聲。⑥ふしょうぶしょう：勉勉強強。⑦たえず：不斷；經常。⑧しばしば：屢次；再三。⑨湯屋：洗澡間。⑩ひごと：每日。⑪水干：平安時代普通人穿的衣服。⑫かたびら：絲織單衣；麻布夏衣。⑬かぎ鼻：鷹鼻鈎形鼻。⑭見あたる：找到；看到；看見。

た。内供が人と話しながら、思わずぶらりとさがっている鼻《はな》のさきをつまんでみて、年がいもなく顔を赤らめたのは、まったくこの不快《ふかい》にうごかされての所為《しょい》である。さいごに、内供は、内典外典《ないてんげてん》のなかに、じぶんと同じような鼻のある人物《じんぶつ》を見いだして、せめてもいくぶんの心やりにしようとさえ思ったことがある。けれども、目連《もくれん》や、※舎利弗《しゃりほつ》の鼻が長かったとは、どの経文《きょうもん》にも書いてない。もちろん竜樹《りゅうじゅ》や馬鳴《めみょう》も、人なみの鼻をそなえたぼさつである。内供《ないぐ》は、震旦《しんたん》(中国《ちゅうごく》の別名《べつめい》)の話のついでに蜀漢《しょっかん》の劉玄徳《りゅうげんとく》の耳が長かったということをきいたときに、それが鼻だったら、どのくらいじぶんは心ぼそくなくなるだろうと思った。

内供《ないぐ》がこういう消極的《しょうきょくてき》な苦心《くしん》をしながらも、いっぽうではまた、積極的《せっきょくてき》に鼻《はな》のみじかくなる方法《ほうほう》をこころみたことは、わざわざここにいうまでもない。内供はこの方面《ほうめん》でもほとんどできるだけのことをした。からすうりをせんじてのんでみたこともある。ねずみのいばり(小便《しょうべん》)を鼻へなすってみたこともある。しかしなにをどうしても、鼻はいぜんとして、五、六寸《すん》の長さをぶらりとくちびるの上にぶらさげているではないか。

ところがある年の秋、内供の用《よう》をかねて、京《きょう》へのぼった弟子《でし》の僧《そう》が、しるべ(知りあい)の医者《いしゃ》から長い鼻《はな》をみじかくする法《ほう》をおそわってきた。その医者というのは、もと震旦《しんたん》か

內供和人談話，無意中揑著搭拉著鼻子的鼻尖來一看，雖然已是這般年齡，仍不免臉紅，這完全是爲了這種不愉快的感覺所做的動作。

最後，內供甚至於想在佛經及其它書裏，找出一個和自己一樣的人物出來，藉以獲得少許安慰。可是任何經文裏，也沒有寫著目蓮或舍利弗的鼻子是長的。當然龍樹或馬鳴也只是具有通常人的鼻子的菩薩。內供聽人講震旦（中國的別名）故事，聽到了蜀漢的劉玄德的耳朵很長這件事時，他想如果是鼻子，也可以讓自己不必太失望。

內供一方面消極地下苦心，另一方面又積極的嘗試要使鼻子縮短的方法，在這裡毋庸詳加說明，內供在這方面，盡了全力。他旣喝過煎熬的王瓜湯，又用老鼠尿塗過鼻子，然而無論怎麽醫治，它不是依然五、六吋長，從嘴唇上面搭拉到下顎來嗎？

可是有一年的秋天，爲了替內供辦事，到京城去的一個弟子，從一位認識的醫生那裡學到了縮短鼻子的方法，那位醫生，原來是從震旦

**註釋**：①年がいもない：簡直白活那麽大歲數。②內典外典：寫著佛教之事叫內典；其它之書叫外典。③目蓮：釋迦牟尼佛的弟子，有神通力。④舍利弗：釋迦牟尼佛的弟子，有智慧。⑤竜樹：紀元前三世紀左右印度佛教哲學家。⑥馬鳴：與龍樹相同時候的佛教詩人。⑦震旦：中國的別稱。⑧心ぼそい：不安；煩惱。⑨わざわざ：特意；故意地。⑩からすうり：王瓜。⑪なする：塗上。⑫ぶらりと：懸垂貌。⑬しるべ：熟人；親友。

らわたってきた男で、当時《とうじ》は長楽寺《ちょうらくじ》の供僧《ぐそう》になっていたのである。

内供《ないぐ》は、いつものように、鼻などは気にかけないというふうをして、わざとその法《ほう》をすぐにやってみようとはいわずにいた。そうしていっぽうでは、気がるな口調《くちょう》で、食事《しょくじ》のたびごとに、弟子《でし》の手数《てすう》をかけるのが、心ぐるしいというようなことをいった。内心《ないしん》ではもちろん弟子の僧《そう》が、じぶんをときふせて、この法をこころみさせるのをまっていたのである。弟子の僧にも、内供《ないぐ》のこの策略《さくりゃく》がわからないはずはない。しかしそれにたいする反感《はんかん》よりは、内供のそういう策略《さくりゃく》をとる心持ちのほうが、よりつよくこの弟子《でし》の僧《そう》の同情《どうじょう》をうごかしたのであろう。弟子の僧は、内供の予期《よき》どおり、口をきわめて、この法をこころみることをすすめだした。そうして、内供自身《ないぐじしん》もまた、その予期《よき》どおり、けっきょくこのねっしんな勧告《かんこく》に聴従《ちょうじゅう》することになった。

その法《ほう》というのは、ただ、湯《ゆ》で鼻をゆでて、その鼻を人にふませるという、きわめてかんたんなものであった。

湯《ゆ》は寺の湯屋《ゆや》で、毎日わかしている。そこで弟子《でし》の僧《そう》は指もいれられないようなあつい湯を、すぐにひさげにいれて、湯屋《ゆや》からくんできた。しかしじかにこのひさげへ鼻をいれるとなると、ゆげにふかれて顔をやけどするおそれがある。そこでおしき(角《かく》ぼん)へあな

來的，當時是在長樂寺當供僧。

內供一如平時，裝著好像對於鼻子毫不在乎的樣子，故意不說立刻就要去試試看那個方法。而另一方面，用輕鬆的口氣說，每次吃飯，麻煩弟子，實在過意不去，其實在他心裡，却是等著弟子說服自己去試用那個方法。弟子當然不會不知道內供的這個策略。但比起對內供這種策略的反感，倒是對內供的不得不採取這樣策略的苦心，反而更強烈的引起弟子的同情心吧！弟子，如內供的預料，苦口婆心地勸他試試看這個方法，而內供本身也一如弟子所預料的，聽從了弟子熱心的勸說了。

所謂那個方法，非帶簡單，就是僅用熱水燙鼻子，再叫人踏那鼻子。

在寺院的洗澡間裡，每天都燒有熱水，於是，弟子馬上從洗澡間裡，打了一壺連手指都不敢伸下去的熱水來。可是要直接把鼻子放入酒壺裡去，臉孔恐怕就會被熱氣燙傷。於是就把方盤開了個洞。

**註釋**：①供僧：爲寺院服務的僧侶。②気にかける：掛心；放心不下。③わざと：故意的。④気がる：輕鬆；愉快的。⑤たびごと：每次。⑥てすう：麻煩。⑦心ぐるしい：於心不安；過意不去。⑧ときふせる：說服；駁倒。⑨予期どおり：如其預料。⑩ひさげ：酒壺。⑪じかに：直接地。⑫ゆげ：蒸氣；熱氣。⑬かくぼん：四角形的盤子。

をあけて、それをひさげのふたにして、そのあなから鼻《はな》を湯《ゆ》のなかへいれることにした。鼻だけはこのあつい湯《ゆ》のなかへひたしても、すこしもあつくないのである。しばらくすると弟子《でし》の僧《そう》がいった。

――もう、ゆだったじぶんでござろう。

内供《ないぐ》は苦笑《くしょう》した。これだけきいたのでは、だれも鼻の話とは気がつかないだろうと思ったからである。鼻は熱湯《ねっとう》にむされて、のみのくったようにむずがゆい。

弟子《でし》の僧《そう》は、内供《ないぐ》がおしきのあなから鼻をぬくと、そのまだゆげのたっている鼻を、両足に力をいれながら、ふみはじめた。内供《ないぐ》はよこになって、鼻を床板《ゆかいた》の上へのばしながら、弟子の僧の足が上下《うえした》にうごくのを目のまえに見ているのである。弟子の僧は、ときどききのどくそうな顔をして、内供のはげ頭を見おろしながら、こんなことをいった。

――いとうはござらぬかな。医師《いし》はせめてふめともうしたで。じゃが、いとうはござらぬかな。

内供《ないぐ》は首をふって、いたくないという意味《いみ》をしめそうとした。ところが鼻をふまれているので思うように首がうごかない。そこで、上目《うわめ》をつかって、弟子《でし》の僧《そう》の足にあかぎれのきれているのをながめながら、はらをたてたような声で、

把那個方盤當做酒壺的蓋子，把鼻子從那個洞放進熱水裡。只有鼻子在熱水中泡著，一點兒也不燙，過了一會兒，弟子說：

「——已經燙好了吧！」內供苦笑著，他想，僅聽這一句話，誰也不會想到是說鼻子吧！鼻子被熱水一燙，就像被跳蚤咬著似的發癢。

內供一從方盤的洞把鼻子拔出來，弟子就把還冒著氣的鼻子，用雙腳使勁地開始踩踏起來了。內供橫臥著，把鼻子伸到地板上，看著弟子腳在眼前上下的動著。弟子常常露出過意不去的臉色。俯視著內供的禿頭，這樣說道：

「——痛不痛呢！醫師說要使勁的踩，可是痛不痛呢？」

內供想搖動，表示不痛的意思，可是鼻子被踩著，所以頭不能隨心所欲的動彈，於是，向上翻弄眼珠眺望著弟子腳上凍出的皸裂，用著發怒似的聲音答道：

註釋：①ひたす：燙；泡。②気がつく：想起；察覺；理會到。③のみ：跳蚤。④むずがゆい：刺癢的。⑤床板：地板。⑥きのどく：於心不安；過意不去。⑦見おろす：俯視；向下看。⑧ところが：但是。⑨足にあかぎれがきれた：腳上凍出皸裂來了。⑩はらをたてる：生氣、發怒。

――いとうはないて。

とこたえた。じっさいはむずがゆいところをふまれるので、いたいよりもかえって気持ちのいいくらいだったのである。

しばらくふんでいると、やがて、あわつぶのようなものが、鼻《はな》へできはじめた。いわば毛をむしった小鳥をそっくり丸《まる》やきにしたような形である。弟子《でし》の僧《そう》は、これを見ると、足をとめてひとりごとのようにこういった。

――これを毛ぬきでぬけともうすことでござった。

内供《ないぐ》は、不足《ふそく》らしくほおをふくらせて、だまって弟子《でし》の僧《そう》のするなりにまかせておいた。もちろん弟子の僧のしんせつがわからないわけではない。それはわかっても、じぶんの鼻をまるで物品《ぶっぴん》のようにとりあつかうのが、ふゆかいに思われたからである。内供《ないぐ》は、信用《しんよう》しない医者《いしゃ》の手術《しゅじゅつ》をうける患者《かんじゃ》のような顔をして、ふしょうぶしょうに弟子《でし》の僧《そう》が、鼻の毛あなから毛ぬきであぶらをとるのをながめていた。あぶらは、鳥の羽《はね》のくきのような形をして、四分《ぶ》（一分はやく三ミリ）ばかりの長さにぬけるのである。

やがてこれがひととおりすむと、弟子の僧は、ほっとひと息《いき》ついたような顔をして、

――もう一度、これをゆでればようござる。

「——不痛。」

其實正踩到他鼻子的癢處，與其說是痛，倒不如說是反而感到舒服。

踩了一會兒，不久，鼻子便開始出現像小米粒似的東西。有如拔光了毛的小雞，整隻放在火裡烤一樣的形狀，弟子看了這個樣子就停下腳，自言自語的說

——要用鑷子把這東西拔掉的。

內供不滿似的噘起嘴來，一聲不響地任由弟子去擺佈。當然，他不是不知道弟子的好意。雖然明白，可是他却把自己的鼻子像是處理一件東西似的，所以感到不愉快。於是內供呈現出像在接受著不能信任的醫生動手術的病人的臉色，莫可奈何地看著弟子用鑷子從鼻子的毛孔拔出脂肪，那脂肪好像鳥類羽毛的根的形狀，拔起來差不多有四分長(一分約三公釐）。

不久，告一段落，弟子臉上露著好像鬆一口氣的表情說

——再燙一次就好了。

**註釋**：①かえって：相反地；反倒；反而。②あわつぶ：小米粒兒。③そっくり：一模一樣。④丸やき：整個烤。⑤不足らしい：不滿。⑥ほおをふくらす：噘起嘴；鼓起臉。⑦ふしょうぶしょう：勉勉強強。⑧とりあつかう：處理；操縱。⑨ほっと：放心貌。⑩ひと息：一口氣；歇一口氣。

といった。

内供《ないぐ》はやはり、八の字をよせたままふふくらしい顔をして、弟子《でし》の僧《そう》のいうなりになっていた。

さて二度めにゆでた鼻《はな》をだしてみると、なるほど、いつになくみじかくなっている。これではあたりまえのかぎ鼻とたいしたかわりはない。内供《ないぐ》はそのみじかくなった鼻をなでながら、弟子《でし》の僧《そう》のだしてくれる鏡《かがみ》を、きまりがわるそうにおずおずのぞいてみた。

鼻は——あのあごの下までさがっていた鼻は、ほとんどうそのようにいしゅくして（ちぢまって）、いまはわずかにうわくちびるの上でいくじなく残喘《ざんぜん》をたもっている。ところどころまだらに赤くなっているのは、おそらくふまれたときのあとであろう。こうなれば、もうだれもわらうものはないのにちがいない。——鏡《かがみ》のなかにある内供の顔は、鏡の外にある内供の顔を見て、まんぞくそうに目をしばたたいた。

しかし、その日はまだ一日、鼻がまた長くなりはしないかという不安《ふあん》があった。そこで内供《ないぐ》は誦経《ずきょう》する（経《きょう》をよむ）ときにも、食事《しょくじ》をするときにも、ひまさえあれば手をだして、そっと鼻のさきにさわってみた。が、鼻はぎょうぎよくくちびるの上におさまっているだけで、かくべつそれより下へぶらさがってくるけしきもない。それからひと晩《ばん》ねてあくる

內供仍然皺著八字眉頭，又露出不滿的臉色任由弟子去做。

且說，第二次燙過的鼻子，拿出來一看，的確，和平常不同，變短了。和普通的鷹鈎鼻差不了多少。內供一邊撫摸著已經變短的鼻子，一邊用弟子拿給他的鏡子，好像不好意思似的怯怯地照著。

鼻子——那根直垂到下顎下面的鼻子，已萎縮得叫人不敢相信，現在僅僅在上唇上面沒力氣的苟延著。到處是紅斑點，大概是被踩踏時的痕跡吧！這樣一來，再也不會有人嘲笑了，鏡裡的內供看著鏡外內供的臉，很滿意地眨著眼睛。

可是，不知那一天，鼻子會再變長嗎？他仍不安的想著。因此，內供無論是唸經，或吃飯時，只要一有空，他就悄悄地伸手摸摸鼻子。鼻子規規矩矩的附在嘴唇上邊，並沒有特別往下搭拉的樣子。然後睡了一夜，第二天，

**註釋**：①さて：（用以結束前面的話並提起新的話題）那麽；且說。②なるほど：的確；果然。③あたりまえ：平常；普通。④大した：（下接否定）差不多；沒什麽了不起。⑤なでる：撫弄；撫摸；撫慰。⑥きまりがわるい：不好意思；拉不下臉；害羞。⑦いくじない：不志氣；不要強（的人）。⑧残喘：苟延殘喘；暫時保存生命。⑨おずおず：戰戰兢兢；提心吊膽。⑩まだらに：斑點；斑雜。⑪しばたたく：屢次眨眼。⑫そっと：悄悄地；安靜地。

日はやく目がさめると、内供《ないぐ》はまず、だいいちに、じぶんの鼻《はな》をなでてみた。鼻はいぜんとしてみじかい。内供はそこで、いく年にもなく、法華経書写《ほけきょうしょしゃ》の功《こう》をつんだときのような、のびのびしたきぶんになった。

ところが二、三日たつうちに、内供は意外《いがい》な事実《じじつ》を発見《はっけん》した。それはおりから、用事《ようじ》があって、池《いけ》の尾《お》の寺をおとずれたさむらいが、まえよりもいっそうおかしそうな顔をして、話もろくろくせずに、じろじろ内供の鼻ばかりながめていたことである。それのみならず、かつて、内供《ないぐ》の鼻をかゆのなかへおとしたことのある中童子《ちゅうどうじ》なぞは、講堂《こうどう》の外で内供といきちがったときに、はじめは、下をむいておかしさをこらえていたが、とうとうこらえかねたとみえて、一度にふっとふきだしてしまった。用《よう》をいつかった下法師《しもほうし》たちが、めんとむかっているあいだだけは、つつしんできいていても、内供がうしろさえむけば、すぐにくすくすわらいだしたのは、一度や二度のことではない。

内供《ないぐ》ははじめ、これをじぶんの顔がわりがしたせいだと解釈《かいしゃく》した。しかしどうもこの解《かい》釈《しゃく》だけではじゅうぶんに説明《せつめい》がつかないようである。――もちろん、中童子《ちゅうどうじ》や下法師《しもほうし》がわらう原因《げんいん》は、そこにあるのにちがいない。けれども同じわらうにしても、鼻の長かったむかしとは、わらうのにどことなくようすがちがう。見なれた長い鼻《はな》より、見なれないみじ

很早醒來，內供首先摸摸自己的鼻子，鼻子依然是短的。於是，內供，像完成了多年來抄寫法華經功德圓滿的時候一樣，感到心情輕鬆愉快。

可是過了兩三天，內供發現了意外事實，那是正當那時，有一位因事來池之尾寺院訪問的武士，他呈現著比以前更怪異的臉色，連話也不好好地說，而盯盯地看著內供的鼻子，不僅如此，曾經讓內供把鼻子掉到稀飯中的中童子等，在經堂外與內供錯身而過時，起初雖然低下頭忍笑著，後來，終於忍不住了，一次噗嗤地笑出來。有事吩咐做雜事的下法師們，只有面對面時恭敬地聽著，但是內供若是一轉身，便嗤嗤地竊笑起來了。這件事已不是一次、兩次了。

內供，起初把這解釋成爲自己的臉改變的緣故，可是又覺得只這樣解釋，似乎不夠充分。——當然，中童子或下法師發笑的原因，是爲了這個絕不會錯的。但雖然同樣是笑，卻跟以前長鼻子時候的笑，總覺得情形完全不一樣。若是說短鼻子看起來比看慣了長鼻子

註釋：①のびのび：輕鬆愉快；悠然自得。②おりから：正當那時；正在那個當兒。③さむらい：武士、侍衛；近侍。④ろくろく：很好地；充分地。⑤じろじろ：盯盯地（看）。⑥かって：曾；曾經。⑦いきちがう：擦身而過。⑧こらえる：忍受；忍住；抑制住。⑨下法師：做雜役等身份低的僧侶。⑩とうとう：終於。⑪ふっと：噗嗤地（笑）。⑫ふきだす：（忍不住；綳不住）笑出。⑬めんとむかって：面對面；當面。

かい鼻のほうがこっけいに見えるといえば、それまでである。が、そこにはまだなにかあるらしい。

――まえにはあのようにつけつけとはわらわなんだて。

内供《ないぐ》は、誦《ず》しかけた経文《きょうもん》をやめて、はげ頭をかたむけながら、ときどきこうつぶやくことがあった。愛《あい》すべき内供は、そういうときになると、かならずぼんやり、かたわらにかけた普賢《ふげん》の画像《がぞう》をながめながら、鼻の長かった四、五日まえのことを思いだして、〈いまはむげにいやしくなりさがれる人の、さかえたるむかしをしのぶがごとく〉ふさぎこんでしまうのである。――内供には、遺憾《いかん》ながらこの問《と》いに答えをあたえる明《めい》がかけていた。

――人間《にんげん》の心にはたがいにむじゅんした二つの感情《かんじょう》がある。もちろん、だれでも他人《たにん》の不幸《ふこう》に同情《どうじょう》しないものはない。ところがその人がその不幸を、どうにかしてきりぬけることができると、こんどはこっちでなんとなくものたりないような心持ちがする。すこし誇《こ》張《ちょう》していえば、もう一度その人を、同じ不幸におとしいれてみたいような気にさえなる。そうしていつのまにか、消極的《しょうきょくてき》ではあるが、ある敵意《てきい》をその人にたいしていだくようなことになる。――内供《ないぐ》が、理由《りゆう》を知らないながらも、なんとなく不快《ふかい》に思ったのは、池《いけ》の尾《お》の僧俗《そうぞく》のたいどに、この傍観者《ぼうかんしゃ》の利己主義《りこしゅぎ》をそれとなく感づいたからにほかならない。

更爲滑稽的話，那就無話可說了，可是，好像另有其他的原因似的。

——以前他們並沒有那樣毫不客氣地笑過。

內供停住了正在誦唸著的經文，歪著禿頭，常常這樣地嘟噥著。可愛的內供，每當這時候，一定茫然地一邊望著掛在旁邊的普賢菩薩的畫像，一邊想起四、五天前長鼻子的事（有著如今已落魄，卻憶富貴時似的）悶悶不樂。——對於內供，很遺憾的是，他欠缺回答這個問題的見識。

——在人類的心中有著相互矛盾的兩種感情。當然，沒有人不同情別人的不幸的，可是，當那個人把那個不幸，想辦法能擺脫時，却又對他好像有不能令人十分滿意的感覺。稍微誇張一點兒說，甚至於要讓那人再度陷於同樣不幸似的。而於不知不覺間，即使是消極的，甚至也會對那人懷著敵意。——內供雖然不知道這個道理，可是總覺得不舒服，那就是不外乎他對池之尾的和尚和俗人的態度，感到了旁觀者的利己主義的心理吧！

註釋：①こっけい：滑稽；可笑。②つけつけ：毫不客氣地，惡狠狠地。③かたむける：使…歪（偏）。④つぶやく：嘟噥；發牢騷。⑤かたわら：旁邊。⑥むげ：最糟；最壞。⑦いやしい：貧賤的。⑧しのぶ：追憶；回憶。⑨ふさぐ：鬱悶；不暢快。⑩むじゅん：矛盾。⑪切りぬける：（勉強）擺脫。⑫いつのまにか：不知不覺間。⑬僧俗：和尚和俗人。

そこで内供《ないぐ》は日ごとにきげんがわるくなった。ふたことめには、だれでもいじわるくしかりつける。しまいには鼻《はな》の療治《りょうじ》をしたあの弟子《でし》の僧《そう》でさえ、「内供は法慳貪《ほうけんどん》のつみをうけられるぞ」とかげ口をきくほどになった。ことに内供をおこらせたのは、れいのいたずらな中童子《ちゅうどうじ》である。ある日、けたたましく犬のほえる声がするので、内供がなにげなく外へでてみると、中童子は、二尺《しゃく》ばかりの木のきれをふりまわして、毛の長い、やせたむく犬を追いまわしている。それもただ追いまわしているのではない。「鼻をうたれまい。それ、鼻をうたれまい」とはやしながら、追いまわしているのである。内供は、中童子《ちゅうどうじ》の手からその木のきれをひったくって、したたかその顔をうった。木のきれはいぜんの鼻持たげの木だったのである。

内供はなまじいに、鼻のみじかくなったのがかえってうらめしくなった。

するとある夜のことである。日がくれてからきゅうに風がでたとみえて、塔《とう》の風鐸《ふうたく》のなる音が、うるさいほどまくらにかよってきた。そのうえ、さむさもめっきりくわわったので、老年《ろうねん》の内供《ないぐ》はねつこうとしてもねつかれない。そこで床《とこ》のなかでまじまじしていると、ふと鼻がいつになく、むずがゆいのに気がついた。手をあててみるとすこし水気《すいき》がきたようにむくんでいる。どうやらそこだけ、熱《ねつ》さえもあるらしい。

因此，內供的情緒一天天地變壞了。不論對誰，一開口便是故意爲難的責罵。後來，連治療他鼻子的那個弟子都背地罵道：「內供要受不教人佛法的罪啦！」特別使內供生氣的是那個惡作劇的中童子。有一天，因爲覺得有尖銳的狗叫聲，內供無意中到外面一看，中童子，揮動着二尺多長的木板，追趕著一隻瘦的長毛獅子狗。不但追趕著，還大聲嘲笑著：「不能打鼻子，哎呀！不能打鼻子。」內供從中童子的手裡奪下木板，用力地打他的臉，那塊木板就是以前擧鼻子用的木板。

內供反而變得抱怨的是潦潦草草地把鼻子弄短了。

於是就在一天的晚上，太陽下山之後，好像突然颳起風來，塔上風鈴的聲音，討厭的傳到枕邊來，而且加深了寒意，年老的內供想睡也睡不着。當他眼睜睜地躺在床上的時候，忽然覺得鼻子和平常不一樣的癢得很，用手一摸，好像有些水腫，而且彷彿那個地方有點發燒似的。

註釋：①日ごと：一天天地。②きげんがわるい：情緒不佳；不痛快。③ふたことめ：老說的話；口頭禪；一開口…。④いじわるい：故意爲難人。⑤法鏗貪のつみ：沒有教人佛法，死後所受的罪。⑥かげぐち：背地裡罵人。⑦けたたましい：尖銳的；吵人的。⑧なにげない：若無其事的；無意的。⑨むく犬：長毛獅子狗。⑩はやす：大聲嘲笑。⑪ひったくる：強奪；奪取。⑫したたか：用力；痛。⑬なまじい：馬馬虎虎。⑭風鐸：風鈴。⑮ねつく：睡覺；入睡。⑯いつにない：與平常不同。

――むりにみじこうしたで、病《やまい》がおこったのかもしれぬ。

内供《ないぐ》は、仏前《ぶつぜん》に香花《こうげ》をそなえるようなうやうやしい手つきで、鼻《はな》をおさえながら、こうつぶやいた。

よく朝、内供がいつものようにはやく目をさましてみると、寺内《じない》のいちょうやとちがひと晩《ばん》のうちに葉をおとしたので、庭《にわ》は金をしいたように明るい。塔《とう》の屋根《やね》にはしもがおりているせいであろう。まだうすい朝日に、九輪《くりん》がまばゆく光っている。禅智内供《ぜんちないぐ》は、しとみをあげたえんに立って、ふかく息《いき》をすいこんだ。

ほとんど、わすれようとしていたある感覚《かんかく》が、ふたたび内供にかえってきたのはこのときである。

内供はあわてて鼻へ手をやった。手にさわるものは、ゆうべのみじかい鼻ではない。うわくちびるの上から、あごの下まで、五、六寸《すん》あまりもぶらさがっている、むかしの長い鼻である。内供は鼻が一夜のうちに、またもとのとおり長くなったのを知った。そうしてそれとどうじに、鼻がみじかくなったときと同じような、はればれした心持ちが、どこからともなくかえってくるのを感じた。

――こうなれば、もうだれもわらうものはないにちがいない。

——勉強地把它弄短了，或許是病了。

內供用著好像在佛前供奉香花一樣，恭恭敬敬的手勢一邊按著鼻子，一邊喃喃的說

第二天早上，內供和平常一樣，很早的醒來一看，寺內的銀杏和七葉樹在一夜之間葉子掉落。所以院子好像舖著黃金一樣的明亮的。大概是塔上積了霜的緣故吧！在微弱的朝陽中，九輪耀眼的發亮著。禪智內供站在開了板窗的廊簷下，深深地吸了一口氣。

這個時候，一種差不多將要忘記的感覺，又回到內供的身上。

內供慌忙地用手去摸鼻子，手上摸到的東西，並不是昨夜的短鼻子，而是從上唇之上面垂到下顎下面搭拉著，有五、六寸長的以前的長鼻子。內供知道了鼻子在一夜之間又跟以前一樣地長了。同時感到和鼻子變短時一樣，愉快的心情又不知從何處回來了。

——要是變成這樣的話，一定不會有人再笑了。

註釋：①そなえる：供奉；上供。②うやうやしい：恭恭敬敬。③手つき：手勢。④つぶやく：喃喃地說。⑤九輪：在塔的屋頂上，像輪一樣的裝飾品。⑥まばゆい：晃眼的。⑦しとみ：（遮蔽風雨的）板窗。⑧はればれ：心情愉快；高高興。⑨ささやく：私語，耳語。

内供《ないく》は心のなかでこうじぶんにささやいた。長い鼻《はな》を明《あ》け方《がた》の秋風にぶらつかせながら。

～110～

内供私忖着，就讓長鼻子在黎明的秋風中晃盪著吧！

**註釋**：①ささやく：私語；耳語。②明け方：黎明；拂曉。③ぶらつく：晃蕩；垂；吊。

# 芋《いも》粥《がゆ》 芋粥

註：芋粥：大米和甘藷、山藥等煮成的粥

元慶《がんぎょう》のすえか、仁和《にんな》のはじめにあった話であろう。どちらにしても時代《じだい》はさして、この話にだいじな役《やく》を、つとめていない。読者《どくしゃ》はただ、平安朝《へいあんちょう》という、遠いむかしが背景《はいけい》になっているということを、知ってさえいてくれれば、よいのである。そのころ、摂政藤原基経《せっしょうふじわらのもとつね》につかえているさむらいのなかに、某《なにがし》という五位《ごい》があった。

これも、某《なにがし》と書かずに、なんのだれと、ちゃんと姓名《せいめい》をあきらかにしたいのであるが、あいにく旧記《きゅうき》には、それがつたわっていない。おそらくは、じっさい、つたわる資格《しかく》がないほど、平凡《へいぼん》な男だったのであろう。いったい旧記《きゅうき》の著者《ちょしゃ》などというものは、平凡な人間《にんげん》や話に、あまり興味《きょうみ》をもたなかったらしい。この点で、かれらと、日本の自然派《しぜんは》の作家《さっか》とは、だいぶちがう。王朝時代《おうちょうじだい》の小説家《しょうせつか》は、ぞんがい、ひま人でない。――とにかく、摂政《せっしょう》藤原基経《ふじわらのもとつね》につかえているさむらいのなかに、某《なにがし》という五位《ごい》があった。これが、この話の主人公《しゅじんこう》である。

五位《ごい》は、ふうさいのはなはだあがらない男であった。だいいち背《せ》がひくい。それから赤鼻《あかばな》で、目じりがさがっている。口ひげはもちろんうすい。ほおが、こけているから、あごが、人なみはずれて、ほそく見える。くちびるは――いちいち、かぞえたてていれば、さいげんはない。わが五位《ごい》の外貌《がいぼう》はそれほど、非凡《ひぼん》に、だらしなく、できあがっていたので

是元慶末年或是仁和初年的故事吧！但不管是指那一個時代，對於這個故事，並不是擔任重要角色。讀者只要知道這是以遠古的平安朝爲背景就好了。那個時候，在侍奉攝政藤原基經的武士中，有一位叫做某某官拜五位的武士。

我這也不想寫某某，而想明確地把什麼人姓名寫出，可是，不湊巧的在舊籍中沒有記載。或許的確沒有記載的資格，因只是個平凡的男人吧！原來，舊的記事的作者們，對於平凡的人及故事等，好像不太有興趣。這一點，他們和日本自然派的作家，有很大的不同。王朝時代的小說家，意外的並非閒人。——總之，在侍奉攝政藤原基經的武士中，有一位叫某某的五位。他就是這故事的主人公。

五位是個相貌非常不好看的男人，第一是身材矮小，其次是紅鼻子，外眼角下垂。鬍鬚當然是稀稀的。因爲面頰消瘦，下顎看起來好像比常人細小。嘴唇是……如果一一列舉的話，那眞是舉不勝舉。五位的相貌，天生就是如此的非凡，邋遢。

**註釋：**①元慶：日本陽成天皇的年號。自西元八七七年至八八四年。②仁和：日本光孝、宇多天皇的年號，自西元八八五年至八八八年。③平安朝：自平安遷都至鎌倉幕府成立，自七九四年至一一九二年。④五位：平安時代的職位名稱之一，從一位到六位。到五位止能出入宮中。⑤ちゃんと：完全；明顯。⑥舊記：舊的記事。⑦王朝時代：天皇執政時代指奈良朝和平安朝時代。⑧ぞんがい：意外。⑨目じり：外眼角。⑩ほおがこける：兩頰消瘦。⑪だらしない：不檢點的；邋遢的。

ある。
この男が、いつ、どうして、基経《もとつね》につかえるようになったのか、それはだれも知っていない。が、よほどいぜんから、同じような色のさめた水干《すいかん》に、同じようななえなえした*えぼしをかけて、同じような役《やく》めを、あきずに、毎日、くりかえしていることだけは、たしかである。その結果《けっか》であろう、いまでは、だれが見ても、この男にわかいときがあったとは思われない。（五位《ごい》は四十をこしていた。）そのかわり、生まれたときから、あのとおりさむそうな赤鼻《あかばな》と、形ばかりの口ひげとを、朱雀大路《すざくおおじ》のちまた風に、ふかせていたという気がする。上は主人《しゅじん》の基経《もとつね》から、下は牛かいの童児《どうじ》まで、無意識《むいしき》ながら、ことごとくそうしんじてうたがうものがない。

こういうふうさいをそなえた男が、周囲《しゅうい》からうける待遇《たいぐう》は、おそらく書くまでもないことであろう。侍所《さぶらいどころ》にいる連中《れんちゅう》は、五位《ごい》にたいして、ほとんどはえほどの注意《ちゅうい》もはらわない。有位無位《ういむい》、あわせて二十人に近い下役《したやく》さえ、かれのではいりには、ふしぎなくらい、冷淡《れいたん》をきわめている。五位《ごい》がなにかいいつけても、けっしてかれらどうしの雑談《ざつだん》をやめたことはない。かれらにとっては空気の存在《そんざい》が見えないように、五位の存在も、目をさえぎらないのであろう。

這個男人，在何時，如何地，成爲侍奉基經的武士，誰也不知道。可是，從相當早以前，每天穿著同樣地褪了色的禮服，戴著同樣地鬆軟的禮帽，擔任同樣的職務，每天反覆而不厭煩，卻是事實。結果呢！現在，誰要是見到了他，誰也不相信這個男人，曾經有過年青的時代。（五位已超過四十）大家總覺得，好像他打從出了娘胎之後，就把那寒傖的紅鼻子和只俱形態的鬍鬚，就在朱雀大路的街道上，讓風吹著。上自主人基經下至放牛牧童，對於這些雖然是無意識的，却都深信不疑。

具有如此相貌的男人，他受到周圍人們如何的待遇，或許已毋庸贅言，但在侍衛班房裏的人們，對於五位所寄予的關心，恐怕連一隻蒼蠅也不如吧！即使大小幹部，合起來將近二十個部下，對於他的出入，難以想像似的極爲冷淡。即使五位有什麽吩咐時，決不因此而停止他們彼此之間的閒談，對他們而言，就像我們看不見空氣的存在那樣，五位的存在也不會遮蔽他們的視線吧！

**註釋**：①水干：「古」公卿常用的禮服的一種。②なえなえ：非常的萎靡、鬆輭。③えぼし：古時的一種禮帽。④ことごとく：所有；全部；一切。⑤までもなく：沒有必要。⑥ふうさい：相貌。⑦侍所：（侍衛、近侍的）班房。⑧注意をはらう：深加注意。⑨有位：有位階的人。⑩無位：無位階的人。⑪下役：僚屬：屬下。⑫さえぎる：遮攔；遮斷；遮蔽。

下役《したやく》でさえそうだとすれば、別当《べっとう》とか、侍所《さぶらいどころ》の司《つかさ》とかいう上役《うわやく》たちが、頭からかれを相《あい》手《て》にしないのは、むしろしぜんの数《すう》である。かれらは、五位《ごい》にたいすると、ほとんど、子どもらしい無意味《むいみ》な悪意《あくい》を、冷然《れいぜん》とした表情《ひょうじょう》のうしろにかくして、なにをいうのでも手まねだけで用《よう》をたした。

人間《にんげん》に言語《げんご》があるのは、偶然《ぐうぜん》ではない。したがって、かれらも手まねでは用をべんじないことが、ときどきある。が、かれらは、それをぜんぜん五位《ごい》の悟性《ごせい》に、欠陥《けっかん》があるからだと思っているらしい。そこで、かれらは用がたりないと、この男のゆがんだもみえぼしのさきから、きれかかったわらぞうりのしりまで、まんべんなく見あげたり、見おろしたりして、それから、鼻《はな》でわらいながら、きゅうにうしろをむいてしまう。それでも、五位《ごい》は、はらをたてたことがない。かれはいっさいの不正《ふせい》を、不正として感じないほど、いくじのない、おくびょうな人間だったのである。

ところが、同僚《どうりょう》のさむらいたちになると、すすんで、かれを翻弄《ほんろう》しようとした。年かさの同僚《どうりょう》が、かれのふるわないふうさいを材料《ざいりょう》にして、古いしゃれをきかせようとするごとく、年下の同僚も、またそれを機会《きかい》にして、いわゆる興言利口《きょうげんりこう》の練習《れんしゅう》をしようとしたからである。かれらは、この五位の面前《めんぜん》で、その鼻と口ひげと、えぼしと水干《すいかん》とを品騭《ひんしつ》してあ

連部下都如此，長官或侍衛班房裡的官吏們，根本沒有一個人願做他的伙伴，莫如說是極其自然的事情。他們對於五位，幾乎，像小孩子一樣，把無意義的惡意，隱藏在冷淡的表情之後，不論說什麽，只用手勢來應付。

人類之有語言，並非偶然的。因而，他們用手勢時常有無法表達的事。但，他們好像把那個，完全認爲是五位的理解力有缺陷。所以，要是他們無事時，便從五位的歪斜的稻皮禮帽頂，到將要磨斷的稻草的拖鞋脚跟止，毫無遺漏地上上下下地看著。然後，冷笑著，突然掉頭而去。雖然如此，五位却未會生氣過，他是把一切不正經的事，當做正經的事來看，那麽沒有志氣，懦弱的人。

可是，同事的武士們，更進而想愚弄他。年長的同事以他那不揚的相貌做題材，來說些古老的詼諧話，年輕的同事們也想利用這機會，來練習所謂的餘興節目。他們在五位的面前，不厭其煩的一再品評他的鼻子和鬍鬚，禮帽和禮服。

**註釋**：①別当：古代特殊衙門「檢非違使，藏人所，院廳等的」首長。②頭から：開始；一開始；根本；完全。③むしろ：寧可，索性；莫如。④手まね：手勢。⑤べんじない：辦不到；不中用。⑥悟性：理解力。⑦欠陷：缺陷；缺點。⑧わら：稻草；麥稈。⑨まんべんなく：沒有遺漏；普通。⑩鼻でわらう：冷笑。⑪はらをたてる：動怒；生氣。⑫翻弄：愚弄。⑬しゃれ：俏皮話；詼諧話。⑭品騭：品評。

きることを知らなかった。そればかりではない。かれが五、六年まえにわかれたうけ口の女房《にょうぼう》と、その女房とかんけいがあったという酒《さけ》のみの法師《ほうし》とも、しばしばかれらの話題《わだい》になった。そのうえ、どうかすると、かれらははなはだ、たちのわるいいたずらさえする。それをいまいちいち、列記《れっき》することはできない。が、かれのささえの酒《さけ》をのんで、あとへいばりをいれておいたということを書けば、そのほかはおよそ、想像《そうぞう》されることだろうと思う。

しかし、五位《ごい》はこれらのやゆにたいして、ぜんぜん無感覚《むかんかく》であった。すくなくもわきめには、無感覚《むかんかく》であるらしく思われた。かれはなにをいわれても、顔の色さえかえたことがない。だまってれいのうすい口ひげをなでながら、するだけのことをしてすましている。ただ、同僚《どうりょう》のいたずらが、こうじすぎて、まげに紙きれをつけたり、太刀《たち》のさやにぞうりをむすびつけたりすると、かれはわらうのか、泣《な》くのか、わからないようなえがおをして、「いけぬのう、お身《み》たちは」という。その顔を見、その声をきいたものは、だれでもいっとき、あるいじらしさにうたれてしまう。(かれらにいじめられるのは、ひとり、この赤鼻《あかばな》の五位《ごい》だけではない、かれらの知らないだれかが、――多数《たすう》のだれかが、かれの顔と声とをかりて、かれらの無情《むじょう》をせめている。)――そういう気が、おぼろげながら、かれらの心に、一瞬《いっしゅん》のあいだ、しみこんでくるからである。ただそのときの心持ちを、いつまでも

不僅如此，五、六年前跟他離了婚的戽斗的妻子，和與妻子有過關係的愛喝酒的法師，常常成了他們的話題。而且，有時，甚至做極其難堪的惡作劇。那些事，現在不可能一一列舉。諸如喝了他竹筒裏的酒，然後撒尿在那裡面的事，其他的就可想而知了。

可是，五位對於這種的嘲弄，是完全無感覺的。至少在旁觀的人看來，好像是無感覺的。他不管被人說什麽，甚至都面不改色。默不作聲地摸著那稀疏的鬍鬚，只顧做事，置之不理。只是，同事們的惡作劇太過份了，在他髮髻上吊紙片，或把拖鞋縛在刀鞘上時，他才會呈現著，啼笑皆非的笑容，說「不行啊！你們」。看到那表情，聽到那聲音的人，不論誰，一時會受到同情心的打擊的。（被他們欺負的，並不只有這位紅鼻子的五位而已，有一些是他們所不認識的人—很多的人，藉著五位的表情和聲音，指責他們的無情。）—雖然那種心情是模模糊糊地，依然，滲入了他們的心。只是，能一直保持那種心情的人却

**註釋**：①あきる：膩：厭煩。②うけ口：下唇比上唇突出的嘴。③しばしば：屢次；再三。④たちのわるいいたずら：惡劣的惡作劇。⑤ささえ：盛酒竹筒。⑥いばり：小便；尿。⑦やゆ：揶揄：奚落；嘲笑。⑧さや：刀鞘。⑨いっとき：一時；短時間。⑩おぼろげ：模模糊糊；不清楚；不明確。⑪いじらしさ：同情的。

ちつづけるものは、はなはだすくない。

そのすくないなかのひとりに、ある無位《むい》のさむらいがあった。これは丹波《たんば》の国《くに》（いまの京《きょう》都府《とふ》と兵庫県《ひょうごけん》の北部《ほくぶ》）からきた男で、まだやわらかい口ひげが、やっと鼻《はな》の下に、はえかかったくらいの青年《せいねん》である。もちろん、この男もはじめはみなといっしょに、なんの理由《りゆう》もなく、赤鼻《あかばな》の五位《ごい》をけいべつした。ところが、ある日なにかのおりに、「いけぬのう、お身《み》たちは」という声をきいてからは、どうしても、それが頭をはなれない。それいらい、この男の目にだけは、五位がまったく別人《べつじん》として、うつるようになった。栄養《えいよう》の不足《ふそく》した、血《けっ》色《しょく》のわるい、まのぬけた五位の顔にも、世間《せけん》の迫害《はくがい》にべそをかいた、〈人間《にんげん》〉がのぞいているからである。

この無位《むい》のさむらいには、五位《ごい》のことを考えるたびに、世《よ》の中《なか》のすべてが、きゅうに、ほんらいの下等《かとう》さをあらわすように思われた。そうして、それとどうじに、しもげた赤鼻と、かぞえるほどの口ひげとが、なんとなく一味《いちみ》の慰安《いあん》をじぶんの心につたえてくれるように思われた。……

しかし、それは、ただこの男ひとりに、かぎったことである。こういう例外《れいがい》をのぞけば、五位《ごい》は、いぜんとして周囲《しゅうい》のけいべつのなかに、犬のような生活《せいかつ》をつづけていかなければ

甚少。

在那些少數人之中有一位無位的武士，他是來自丹波之國的（現在的京都府和兵庫縣的北部）好不容易在鼻下剛長出了一些還柔輭的髫鬚的青年。當然，最初這個男人也和大家一起，毫無理由地輕視紅鼻子的五位。可是，有一天，在某個場合「不行啊！你們」聽到這聲音之後，無論怎麽也就一直縈繞在腦海裏。從此，他眼中的五位，完全變成了另一個人似的，因爲在五位營養不足，氣色不好而癡呆的臉上，也流露著對人世的迫害而哭訴的「人性」。

這個無位武士，每想起五位的事情，便覺得世上的人，突然都顯露出卑下的本來面貌相似的。而且，與此同時，他感覺到凍紅了的鼻子，和彷彿可以數的髫鬚，好像給自己的心靈一絲安慰似的。……

可是，那只不過是這個人自己如此罷了。除此之外，五位還是跟以往一樣在周圍的輕視中，過着狗一樣的生活。

**註釋**：①けいべつ：輕視。②おり：機合；場合。③お身たち：你們。④どうしても：怎麽也；無論如何也。⑤血色がわるい：氣色不好。⑥まがぬける：愚笨。糊塗。⑦べそをかく：要哭。⑧下等：卑劣；低級。⑨一味：一股。⑩かぎる：限定；以……爲界限。

ならなかった。

だいいち、かれには着物《きもの》らしい着物が一つもない。あおにび（青黒い色）の水干《すいかん》と、同じ色の指貫《さしぬき》とが一つずつあるのが、いまではそれがうわじろんで、藍《あい》とも、紺《こん》ともつかないような色に、なっている。水干《すいかん》はそれでも、かたがすこしおちて、丸組《まるぐ》みの緒《お》や菊《きく》とじの色があやしくなっているだけだが、指貫《さしぬき》になると、すそのあたりのいたみかたが、ひととおりでない。

その指貫《さしぬき》のなかから、下のはかまもはかない、ほそい足がでているのを見ると、口のわるい同僚《どうりょう》でなくとも、やせ公卿《くげ》の車をひいている、やせ牛のあゆみを見るような、みすぼらしい心持ちがする。

それにはいている太刀《たち》も、すこぶるおぼつかないもので、つかの金具《かなぐ》もいかがわしければ、黒ざやのぬりもはげかかっている。これがれいの赤鼻《あかばな》で、だらしなくぞうりをひきずりながら、ただでさえねこぜなのを、いっそう寒空《さむぞら》の下にせぐくまってものほしそうに、左右《さゆう》をながめながめ、きざみ足に歩くのだから、とおりがかりの物売《ものう》りまでばかにするのも、むりはない。げんにこういうことさえあった。……

ある日、五位《ごい》が三条坊門《さんじょうぼうもん》を神泉苑《しんせんえん》のほうへいくところで、子どもが六、七人、道ばたに

第一，他沒有一件像樣的衣服。雖然有一件青黑色的禮服，和同樣顏色的褲子，現在已經變白，變成了非藍，非藏青的顏色了。禮服，雖然兩肩有點變了形，圓的帶子及帶結有點褪色，但褲子的下襬却磨損得不像原有的樣子。

一看從褲子裡露出不穿袴子的細小的腳，即使不是嘴巴不好的同事們，也會有著如見拖著沒落公卿的破車的瘦牛腳步一般的凄愴的心情。

而且佩帶的大刀也頗爲令人不放心的，柄上的金屬零件既不可靠，黑鞘的油漆也將要剝落了。這是那個紅鼻子散漫地趿著拖鞋，踏着急促的碎步，貪婪地左顧右盼，本來就已經彎腰駝背了，在寒天下顯得更龍鍾，難怪連路過的小販也瞧不起他，不是沒有道理的，確實就有過這麼一回事。………

有一天，五位從三條坊門到神泉苑去時，——看到了路邊聚集了六、七個小孩子。

註釋：①指貫：用帶子紮下襬的袴子。②うわじろむ：表面的顏色褪色變白。③それでも：雖然那樣；儘管如此。④緒：細帶；穗子。⑤菊とじ：古公卿或武士的禮服等在縫的針腳裝上的一種裝飾品。⑥みすぼらしい：破舊的；襤褸的。⑦おぼつかない：可疑的；靠不住的；令人不放心的。⑧金具：金屬零件；小五金。⑨いかがわしい：可疑的；不正派的。⑩だらしない：不檢點；散漫的。⑪ひきずる：拖；曳；拖拉。⑫猫背：水蛇腰。⑬寒空：寒天；冷天。⑭げんに：現在；確實。

あつまって、なにかしているのを見たことがある。〈こまつぶり〉でも、まわしているのかと思って、うしろからのぞいてみると、どこかからまよってきた、むく犬の首へなわをつけて、うったりたたいたりしているのであった。

おくびょうな五位《ごい》は、これまでなにかに同情《どうじょう》をよせることがあっても、あたりへ気をかねて、まだ一度もそれを行為《こうい》にあらわしたことがない。が、このときだけは相手《あいて》が子どもだというので、いくぶんか勇気《ゆうき》がでた。そこでできるだけ、えがおをつくりながら、年かさらしい子どものかたをたたいて、

「もう、かんにんしてやりなされ。犬もうたれれば、いたいでのう」と声をかけた。すると、その子どもはふりかえりながら、上目《うわめ》をつかって、さげすむように、じろじろ五位《ごい》のすがたを見た。いわば侍所《さぶらいどころ》の別当《べっとう》が用《よう》のつうじないときに、この男を見るような顔をして、見たのである。

「いらぬせわはやかれとうもない。」

その子どもはひと足さがりながら、高慢《こうまん》なくちびるをそらせて、こういった。

「なんじゃ、この鼻赤《はなあか》めが。」

五位《ごい》はこのことばがじぶんの顔をうったように感じた。が、それは悪態《あくたい》をつかれて、は

他以爲是在玩陀螺或什麽的，從小孩子的背後一看，原來是小孩子用繩子縛住了不知從那裏來的迷了路的長毛獅子狗的脖子上，在鞭打著那隻狗。

膽怯的五位，以前雖然也曾對其他的事物寄以同情，但顧慮著別人，一次也還沒有在行爲上表現過。但，只有這時候，對方只是小孩子，多少有一點勇氣。於是，儘可能地裝著笑容，拍著好像年紀較大的小孩子的肩膀。

「饒了牠罷，就算狗，被打也是痛的啊！」這樣說著，這麽一來，那個孩子，回頭瞪了他一眼，輕視似的，盯盯地看著五位。可以說有如侍衞班房的長官，當事情說不清楚時看着他的臉孔的神情一樣。

「用不着你管。」

那個小孩子一邊退後一步，一邊噘起了傲慢的嘴唇說

「什麽東西，你這紅鼻子。」

這句話，在五位聽起來，好像挨了一巴掌的感覺。但，對於被罵

註釋：①こまつぶり：玩具陀螺。②かんにん：容忍；忍耐；寬恕。③こうまん：傲慢；高傲。④上目をつかう：向上翻弄眼珠（瞧）。⑤さげすむ：輕蔑；輕視。⑥じろじろ：盯盯看。⑦いわば：說起來；可以說。⑧悪態をつかれる：被罵。

らがたったからでは毛頭《もうとう》ない。いわなくともいいことをいって、はじをかいたじぶんがなさけなくなったからである。かれは、きまりがわるいのを、くるしいえがおにかくしながら、だまって、また、神泉苑《しんせんえん》のほうへ歩きだした。

うしろでは、子どもが六、七人、かたをよせて、〈べっかっこう〉をしたり、舌《した》をだしたりしている。もちろん、かれはそんなことを知らない。知っていたにしても、それが、このいくじのない五位《ごい》にとって、なんであろう。……

では、この話の主人公《しゅじんこう》は、ただけいべつされるためにのみ生まれてきた人間《にんげん》で、べつになんの希望《きぼう》ももっていないかというと、そうでもない。五位《ごい》は五、六年まえから、芋粥《いもがゆ》というものに異常《いじょう》な執着《しゅうちゃく》をもっている。芋粥《いもがゆ》とは、山の芋《いも》をなかにきりこんで、それをあまずらのしるでにた粥《かゆ》のことをいうのである。当時《とうじ》はこれが、無上《むじょう》の佳味《かみ》として、上は万乗《ばんじょう》の君《きみ》(天皇《てんのう》)の食《しょく》ぜんにさえ、じょうせられた。したがって、わが五位のごとき人間の口へは、年に一度、臨時《りんじ》の客のおりにしか、はいらない。そのときでさえ、のめるのはわずかにのどをうるおすにたるほどの少量《しょうりょう》である。そこで、芋粥《いもがゆ》をあきるほどのんでみたいということが、ひさしいまえから、かれのゆいいつの欲望《よくぼう》になっていた。もちろん、かれは、それをだれにも話したことがない。いやかれ自身《じしん》さえそれが、かれの一生《いっしょう》をつらぬいてい

並沒有絲毫的怒氣，因爲說了不必說的話，而使自己丟臉是沒有什麽好可憐的。他把慚愧隱藏在痛苦的笑容裏，默不作聲，又開始向著神泉苑走去。

在後面，六、七個小孩，聚集在一起，作鬼臉，伸舌頭。他不知道這些事，即使知道了，沒有志氣的五位，又能如何呢？……

那麽，這個故事的主人公，只是爲了被人輕視而生爲人，難道沒有其他的希望嗎？並非如此。五位在五、六年前對於所謂芋粥有著異常的迷戀。芋粥，是將切碎的山芋，用甘葛的汁煮成的粥。當時，這是無上的美味。是上供萬乘之君（天皇）的膳桌珍品。因此，像我們的五位這樣人的口中，除了在一年一度的「大臣家的宴會」之場合外，是吃不到的。甚至在那個時候，能喝到的也不過是少得足以潤喉罷了。因此，芋粥能喝個夠，很久以前便成了他唯一的慾望。當然，他沒有把這件事向任何人提起過。不，甚至連他自己，也沒有明白地意識到這是他一生想貫徹的慾望吧！

註釋：①毛頭：絲毫；一點點。②はじをかく：丟（臉）。③きまりが悪い：不好意思的；害羞的；拉不下臉的。④芋粥：大米和甘藷，山藥等煮成粥。⑤執着：（貪、迷、留）戀。⑥あまずら：甘葛；古時爲糖的代用品。⑦臨時の客：古代，正月初在中宮或攝關之家，邀大臣以下的公卿所舉行的宴會。⑧のどをうるおす：潤嗓子。⑨あきるほどのむ：喝個夠。

る欲望《よくぼう》だとは、明白《めいはく》に意識《いしき》しなかったことであろう。が、事実《じじつ》はかれがそのために、生きているといっても、さしつかえないほどであった。——人間《にんげん》は、ときとして、みたされるかみたされないか、わからない欲望《よくぼう》のために、一生《いっしょう》をささげてしまう。その愚《ぐ》をわらうものは、ひっきょう、人生《じんせい》にたいする路傍《ろぼう》の人にすぎない。

しかし、五位《ごい》が夢想《むそう》していた〈芋粥《いもがゆ》にあかん〉ことは、ぞんがいように事実《じじつ》となって、あらわれた。その始終《しじゅう》を書こうというのが、芋粥《いもがゆ》の話の目的《もくてき》なのである。

ある年の正月二日、基経《もとつね》の第《だい》（やしき）に、いわゆる臨時《りんじ》の客があったときのことである。（臨時《りんじ》の客は二宮《にぐう》の大饗《だいきょう》と同日《どうじつ》に摂政関白家《せっしょうかんぱくけ》が、大臣以下《だいじんいか》の※上達部《かんだちめ》をまねいてもよおす饗宴《きょうえん》で、大饗《だいきょう》とべつにかわりがない。）五位《ごい》も、ほかのさむらいたちにまじって、その残肴《ざんこう》のしょうばんをした。

当時《とうじ》はまだ、とりばみの習慣《しゅうかん》がなくて、残肴《ざんこう》は、その家のさむらいが一堂《いちどう》にあつまって、食《く》うことになっていたからである。もっとも、大饗《だいきょう》にひとしいといってもむかしのことだから、品数《しなかず》のおおいわりにろくなものはない、もち、ふと、むしあわび、ほし鳥、宇《う》治《じ》の氷魚《ひお》、近江《おうみ》のふな、たいのすわやり、さけのこごもり、やきだこ、大えび、大こうじ、

但，事實上，即使說他是爲此而做人似乎也無妨。——人類，有時候，爲了能滿足或不能滿足的，不明白的慾望而貢獻他的一生吧！若是嗤笑其愚者，畢竟對於人生他只能算個陌路人。

可是，五位夢想著（吃個夠芋粥）的事，意外地很容易成爲事實實現了。而寫出他的始末，這是芋粥故事的目的。

有一年的正月初二，在基經的官邸，有所謂的「大臣家的宴會」之事。（大臣家的宴會是和二宮的大饗同一天，攝政關白官邸邀大臣以下的公卿舉行的饗宴。與大饗無異。）五位也夾雜在其他的武士之中，跟著一起吃剩的酒菜。

當時，還沒有讓乞丐吃剩菜的習慣，吃剩的酒菜，由官邸中的武士聚集在一堂來吃。雖然是說與大饗一樣的，但因是古時候的事，東西種類雖多，可是沒有令人滿意的東西，像黏糕，油炸的黏糕，蒸鮑魚，鷄乾，宇治的小香魚，近江的鯽魚，鯛魚乾菜，鮭魚子，烤章魚，大蝦，大橘子，

註釋：①さしつかえない：不妨礙。②ひっきょう：畢竟；結局；總之。③路傍の人：路人；素不相識的人。④二宮：東宮（皇太子）和中宮（皇后）。⑤大饗：在宮中，每年或臨時舉行的大宴會。⑥上達部：公卿（三位以上的官吏）。⑦残肴：吃剩的酒菜。⑧しょうばん：作陪；當陪客；陪伴。⑨とりばみ：把乞丐等叫到院子裏讓他們吃宴會剩下的東西。⑩氷魚：小香魚（琵琶湖的名產）。⑪すわやり：把魚肉撕碎，晒乾的魚乾等。

小こうじ、たちばな、くしがきなどのたぐいである。

ただ、そのなかに、れいの芋粥《いもがゆ》があった。五位《ごい》は毎年、この芋粥をたのしみにしている。が、いつも人数《にんず》がおおいので、じぶんがのめるのは、いくらもない。それがことしは、とくに、すくなかった。そうして気のせいか、いつもより、よほど味《あじ》がいい。そこで、かれはのんでしまったあとのわんをしげしげとながめながら、うすい口ひげについているしずくを、てのひらでふいて、だれにいうともなく、

「いつになったら、これにあけることかのう。」

と、こういった。

「大夫《たいふ》どのは、芋粥にあかれたことがないそうな。」

五位《ごい》のことばがおわらないうちに、だれかが、あざわらった。さびのある、おうような、武人《ぶじん》らしい声である。五位は、ねこぜの首をあげて、おくびょうらしく、その人のほうを見た。声のぬしは、そのころ同じ基経《もとつね》の恪勤《かくごん》になっていた、民部卿《みんぶきょう》時長《ときなが》の子藤原利仁《ふじわらのとしひと》である。かたはばの広い、身のたけの群《ぐん》をぬいたたくましい大男で、これは、ゆでぐりをかみながら、黒酒《くろき》のさかずきをかさねていた。もうだいぶよいがまわっているらしい。

「おきのどくなことじゃの。」

小橘子、柑橘、串柿之類等。

只因爲這其中有芋粥。所以五位每年快樂地期待著這芋粥。可是，經常人數很多，自己能夠喝到的，並沒有多少。而今年特別少，大概是心情的關係吧！味道比以往更好，於是，他喝過之後，一面左一次右一次地望著空碗，一面用手掌拭著沾在稀疏的鬍鬚上的點滴，並不是向誰說，而是自言自語的這樣說著：

「什麽時候才能夠喝個夠呢？」

「聽說，大夫從未痛飲過芋粥是嗎？」

五位的話還沒完，已有人在嘲笑了。蒼老的，高傲的，有武人風度的聲音。水蛇腰的五位抬起了脖子，膽怯似地望著那個人。說話的人，那時同樣地在基經任職武士的民部卿時長之子藤原利仁。是個肩膀寬濶，身材拔群的魁梧大漢。他邊咬著煮熟的栗子，不停地喝著酒杯裡的黑酒，好像已經醉醺醺了。

「可憐啊！」

**註釋**：①たちばな：柑桔的古名。②くしがき：（用竹籤串的）柿餅。③しげしげ：頻繁；左一次右一次地。④しずく：水點；水滴：點滴。⑤手のひら：手掌。⑥大夫：五位的通稱。⑦あざわらう：嘲笑。⑧さびのある声：蒼老的聲音。⑨おうような：高傲；尊大。⑩たくましい：魁偉的；健壯的。⑪ゆでぐり：煮熟的栗子。⑫黒酒：（祭祀用的一種）黑酒。⑬さかずぎ：酒杯。

利仁《としひと》は、五位《ごい》が顔をあげたのを見ると、けいべつと憐憫《れんびん》とを一つにしたような声でことばをついだ。

「おのぞみなら、利仁《としひと》がおあかせもうそう。」

しじゅう、いじめられている犬は、たまに肉《にく》をもらってもよういによりつかない。五位は、れいのわらうのか、泣《な》くのか、わからないようなえがおをして、利仁《としひと》の顔と、からのわんとを等分《とうぶん》に見くらべていた。

「おいやかな。」

「…………」

「どうじゃ。」

「…………」

五位《ごい》は、そのうちに、衆人《しゅうじん》の視線《しせん》が、じぶんのうえに、あつまっているのを感じだした。答えかた一つで、また、一同《いちどう》の嘲弄《ちょうろう》を、うけなければならない。あるいは、どうこたえても、けっきょく、ばかにされそうな気さえする。かれはちゅうちょした。もし、そのときに、相手《あいて》が、すこしめんどうくさそうな声で、

「おいやなら、たってとはもうすまい。」

利仁一看五位抬起臉孔時，就用輕視和憐憫合而爲一的聲音說道：

「要是希望的話，利仁可讓你喝個夠。」

經常被欺侮的狗，偶而，有人拿肉給牠，也不敢輕易地接近。五位，呈現著不知是哭還是笑的笑容，看看利仁的臉孔，又看看空碗。

「不願意嗎？」

「……」

「怎麼樣？」

「……」

這時候，五位彷彿覺得衆人的視線，都集中在自己的身上。看他的答法，又非受大家的嘲笑不可了。也許無論怎麼回答，結果，還是被認爲是傻瓜。他躊躇了。若非那時，對方不是有點好像不耐煩似地說：

「要是不願意的話，不強求。」的話。

**註釋**：①しじゅう：經常；屢次；不斷的。②ようい：容易。③よりつく：靠近；接近。④あるいは：也許。⑤けっきょく：結局；結果；終結；收尾。⑥…そうな気がする：覺得好像；彷彿。⑦めんどうくさい：非常麻煩的。⑧一同：大家。⑨たって：強硬。⑩もうす：請求。

といわなかったなら、五位《ごい》は、いつまでも、わんと利仁《としひと》とを、見くらべていたことであろう。

かれは、それをきくと、あわただしくこたえた。

「いや……かたじけのうござる。」

この問答《もんどう》をきいていたものは、みな、いちじに、失笑《しっしょう》した。

「いや、かたじけのうござる。」――こういって、五位《ごい》の答えを、まねるものさえある。いわゆる、橙黄橘紅《とうこうきっこう》をもった窪坏《くぼつき》や高坏《たかつき》の上に、おおくのもみえぼしやたてえぼしが、わらい声とともにひとしきり、波《なみ》のようにうごいた。なかでも、もっとも、大きな声で、きげんよく、わらったのは、利仁《としひと》自身《じしん》である。

「では、そのうちに、おさそいもうそう。」

そういいながら、かれは、ちょいと顔をしかめた。こみあげてくるわらいと、いまのんだ酒《さけ》とが、のどで一つになったからである。

「……しかと、よろしいな。」

「かたじけのうござる。」

五位は赤くなって、どもりながら、また、まえの答えをくりかえした。一同《いちどう》がこんども、わらったのは、いうまでもない。それがいわせたさに、わざわざ念《ねん》をおしたとうの利仁《としひと》に

五位將會老是看看碗和看看利仁吧！

他一聽到那句話，就慌忙的回答說：

「不……謝謝……」

正在聽著這個問答的人們，都一齊的笑出聲來。

「不……謝謝……」——甚至有人學着五位說。於是五顏六色的碗盤，各式各樣的帽子隨著一陣笑聲，像波浪式的起伏著。其中聲音最大，笑得最痛快的是利仁本人。

「那麽，過些日子一定來邀你！」

他一邊那樣地說，一邊稍微皺了一下眉頭，是因爲往上湧的笑和剛才喝的酒，在喉中混在一起。

「……一言爲定，好嗎？」

「謝謝。」

五位的臉變紅了，結結巴巴地又重覆了剛才的答話。引起了大家再次的笑謔，那是當然的了。爲了讓他再說一次，故意叮嚀的利仁

註釋：①あわただしい：慌忙的。匆忙的；不安定的。②失笑：不由得發笑。③かたじけのうござる：ありがたい。謝謝。④窪杯や高杯：裝飲食品，像碗一樣的東西。⑤ひとしきり：一陣。⑥ちょいと：稍微；有點兒。⑦顔をしかめる：皺眉。⑧こみあげる：往上湧。⑨言うまでもない：不用說；當然。⑩念をおす：叮囑；叮嚀。

いたっては、まえよりもいっそうおかしそうに、広いかたをゆすって、哄笑《こうしょう》した。この朔《さく》北《ほく》の野人《やじん》は、生活《せいかつ》の方法《ほうほう》を二つしかこころえていない。一つは酒《さけ》をのむことで、他《た》の一つはわらうことである。

しかしさいわいに談話《だんわ》の中心《ちゅうしん》は、ほどなく、このふたりをはなれてしまった。これはことによると、ほかの連中《れんちゅう》が、たとい嘲弄《ちょうろう》にしろ、一同《いちどう》の注意《ちゅうい》をこの赤鼻《あかばな》の五位《ごい》に集中《しゅうちゅう》させるのが、不快《ふかい》だったからかもしれない。とにかく、談柄《だんぺい》はそれからそれへとうつって、酒《さけ》もさかなものこりずくなになったじぶんには、某《なにがし》という侍学生《さむらいがくしょう》が、行縢《むかばき》のかた皮《かわ》へ、両足をいれて馬にのろうとした話が、一座《いちざ》の興味《きょうみ》をあつめていた。が、五位《ごい》だけは、まるでほかの話がきこえないらしい。おそらく芋粥《いもがゆ》の二字が、かれのすべての思量《しりょう》を支配《しはい》しているからであろう。まえにきぎすのやいたのがあっても、はしをつけない。黒酒《くろき》のさかずきがあっても、口をふれない。かれは、ただ、両手をひざの上において、見合《みあ》いをするむすめのようにしもにおかされかかったびんのあたりまで、うぶらしく上気《じょうき》しながら、いつまでもからになった黒ぬりのわんを見つめて、たわいもなく、微笑《びしょう》しているのである。……

それから、四、五日たった日の午前、加茂川《かもがわ》の川原《かわら》にそって、粟田口《あわたぐち》へかよう街道《かいどう》を、

好像比以前更加可笑似的。利仁搖動寬濶的肩膀，哄笑著。這位北方的魯莽漢，僅曉得兩種生活方式。一是喝酒，另一是笑。

不過，幸好話題不久就離開了他們兩人了，這是由於其他的人們，雖然是嘲弄，可是把大家的注意力集中在紅鼻子的五位身上，或許感到不愉快吧！總之，在不停轉換的話題中，酒和菜肴都所剩無幾了，這時，某一個武士學生說要將雙腳伸進一隻袴子中騎馬的話，吸引了在座所有人的興趣。可是，只有五位，好像別的話完全沒有聽到似的，心裡所想的恐怕只有芋粥兩個字吧！面前雖然放著烤雉鷄，可是不曾動一下筷子。雖然酒杯盛着黑酒也沒有沾一下嘴唇。只是把兩隻手放在膝上，像是相親的小姐似的，天眞的面紅耳赤直染到已經班白的鬢髮邊，一邊依舊凝視著空空的漆黑木碗，天眞的微笑著

……

從那時起，過了四、五天後的某個上午，沿著加茂川的河灘，在通往粟田口的街道上，

註釋：①ゆする：搖晃：搖動。②こころえる：理解；明白。③ほどなく：不久。④談柄：話柄；話把兒。⑤行縢：以毛皮做的乘馬用的袴子。⑥一座：在座的人。⑦きぎす：雉，野雉。⑧見合い：相抵；相稱；相親。⑨上気：（由於血液往上衝而）臉上發燒，面紅耳赤。⑩川原：河灘。

しずかに馬をすすめてゆくふたりの男があった。

ひとりはこいはなだ（明るい藍色《あいいろ》）の狩衣《かりぎぬ》に同じ色のはかまをして、打出《うちで》の太刀《たち》をはいた〈ひげ黒く、びんぐきよき〉男である。もうひとりは、みすぼらしいあおにびの水干《すいかん》に、うす綿《わた》の衣《きぬ》を二つばかりかさねてきた、四十かっこうのさむらいで、これは、帯《おび》のむすびかたのだらしのないようすといい、赤鼻《あかばな》でしかもあなのあたりが、はなにぬれているようすといい、身のまわりばんたんのみすぼらしいことおびただしい。

もっとも、馬はふたりとも、まえのは月毛《つきげ》、あとのは葦毛《あしげ》の三歳駒《さいごま》で、道をゆく物売《ものう》りやさむらいも、ふりむいて見るほどの駿足《しゅんそく》である。そのあとから、またふたり、馬のあゆみにおくれまいとしてついていくのは、調度掛《ちょうどがけ》と舎人《とねり》とにそういない。——これが、利仁《としひと》と五位《ごい》との一行《いっこう》であることは、わざわざ、ここにことわるまでもない話であろう。

冬とはいいながら、ものしずかにはれた日で、白けた川原《かわら》の石のあいだ、せんかんたる水のほとりにたちがれているよもぎの葉を、ゆするほどの風もない。川にのぞんだ背《せ》のひくいやなぎは、葉のない枝《えだ》にあめのごとくなめらかな日の光をうけて、こずえにいるせきれいの尾《お》をうごかすのさえ、あざやかに、それと、かげを街道《かいどう》におとしている。東山《ひがしやま》のくらいみどりの上に、しもにこげたビロードのようなかたを、まるまるとだしているのは、

有二個男人靜靜地騎着馬向前走。

一個穿著深藍色的狩獵便服，和同樣顏色的袴子，身上佩帶着金銀打造的刀鞘的大刀（鬍鬚黑，鬢髮分明）的男人。另一個是襤褸的青黑色禮服上，重疊地穿著兩件薄棉襖，四十上下的武士，腰帶的結法，可說是衣冠不整，紅鼻子，而且鼻孔附近可說是被鼻涕沾濕著，所穿着的服飾，不倫不類，極其難看。

當然，兩個人都騎著三歲的馬，前面的是桃花色的馬，後面的是菊花青的馬。街上的行商及武士都會回頭看的駿馬。後面還有兩個，怕落後而趕著的人，他們是帶著弓箭的隨從和打雜的。——原來這是利仁和五位一行人。在這兒沒有特意說明的必要吧！

雖是冬天，卻是個寂靜的晴天，在河灘上泛白的石頭間，枯萎在潺潺水邊的艾葉，紋風不動，臨河的矮小柳樹，沒有葉子的樹枝如晶瑩的雨水受到了陽光和煦的照射，連樹枝上鶺鴒尾巴的搖動，都鮮明地把影子射到街上。在東山暗綠色之山上，露出被寒霜凍了的天鵝絨的山頭，

註釋：①狩衣：中古高官常穿的一種便服（圓領、袖口有繩絲，最初於狩獵時穿用，故名）。②太刀をはく：佩帶大刀。③びんくぎ：鬢的毛髮。④身のまわり：衣服；服裝、衣履。⑤ばんたん：一切、萬般。⑥月毛：桃花色的馬。⑦葦毛：菊花青的馬。⑧調度掛：帶着弓箭而跟隨的人。⑨ものしずか：平靜；安靜。⑩ビロード：天鵝絨。

おおかた、比叡《ひえい》の山であろう。ふたりはそのなかにくらのらでんを、まばゆく日にきらめかせながらむちをもくわえずゆうゆうと、粟田口《あわたくち》をさしていくのである。

「どこでござるかな、てまえをつれていって、やろうとおおせられるのは。」

五位《こい》がなれない手に、たづなをかいくりながら、いった。

「すぐ、そこじゃ。おあんじになるほど遠くはない。」

「すると、粟田口《あわたくち》へんでござるかな。」

「まず、そう思われたがよろしかろう。」

利仁《としひと》はけさ五位《こい》をさそうのに、東山《ひがしやま》の近くに湯《ゆ》のわいているところがあるから、そこへいこうといってでてきたのである。赤鼻《あかばな》の五位は、それをまにうけた。ひさしく湯にはいらないので、からだじゅうが、このあいだからむずがゆい。芋粥《いもがゆ》のちそうになったうえに、入湯《にゅうとう》ができれば、ねがってもないしあわせである。こう思って、あらかじめ利仁《としひと》がひかせてきた、葦毛《あしげ》の馬にまたがった。ところが、くつわをならべてここまできてみると、どうも利仁《としひと》はこの近所へくるつもりではないらしい。げんに、そうこうしているうちに、粟田《あわた》口《くち》はとおりすぎた。

「粟田口《あわたくち》ではござらぬのう。」

大概是比叡山吧！兩個人讓鞍上的螺鈿在晃眼的日光下，更加燦爛奪目。不用馬鞭悠然地朝著粟田口走去。

「你說要帶我去的地方，是哪裡呢？」

五位一邊用生疏的雙手交替地操著韁繩一邊說。

「就在那裡，不會遠得讓你擔心的。」

「這麽說，是在粟田口附近吧！」

「首先，你可先那樣想吧！」

雖然今天早上利仁邀五位時，是說到東山的附近有溫泉的地方要到那裏去。紅鼻子的五位信以爲眞。因爲好久沒有洗澡了，怪不得近來身上刺癢得很。叨擾了頓芋粥，又可以洗溫泉，眞是求之不得的幸運。這樣地想著，騎上了利仁爲他準備的菊花青的馬。可是，並騎到這裡一看，無論如何利仁好像不是打算到這附近來似的。實際上，在不知不覺間，已走過了粟田口。

「不是粟田口嗎？」

註釋：①おおかた：大約；大概。②くら：鞍。③らでん：螺鈿。④まばゆく：晃眼的。⑤きらめかせる：使燦爛奪目；使輝煌耀眼。⑥むち：鞭子。⑦ゆうゆう：悠然；從容不迫。⑧あんじ：掛念；擔心；暗示。⑨ひさしい：許久的。⑩むずがゆい：刺癢的。⑪入湯：洗溫泉。⑫くつわ：馬口鉗；馬嚼子。

「いかにも、もそっと、あなたでな。」

利仁《としひと》は、微笑《びしょう》をふくみながら、わざと、五位《ごい》の顔を見ないようにして、しずかに馬をあゆませている。両がわの人家《じんか》は、しだいにまれになって、いまは、ひろびろとした冬田《ふゆた》の上に、えをあさるからすが見えるばかり、山のかげにきえのこって、雪の色も、ほのかに青くけむっている。はれながら、とげとげしいはじのこずえが、目にいたく空をさしているのさえ、なんとなくはださむい。

「では、山科《やましな》へんででもござるかな。」

「山科は、これじゃ。もそっと、さきでござるよ。」

なるほど、そういううちに、山科《やましな》もとおりすぎた。それどころではない。なにかとするうちに、関山《せきやま》もあとにして、かれこれ、昼すこしすぎたじぶんには、とうとう三井寺《みいでら》のまえへきた。三井寺《みいでら》には、利仁《としひと》の懇意《こんい》にしている僧《そう》がある。ふたりはその僧をたずねて、午《ひる》餐《げ》のちそうになった。それがすむと、また、馬にのって、道をいそぐ。ゆくてはいままできた道にくらべるとはるかに人煙《じんえん》がすくない。ことに当時《とうじ》は盗賊《とうぞく》が四方《しほう》に横行《おうこう》した、ぶっそうな時代《じだい》である。——五位はねこぜをいっそうひくくしながら、利仁《としひと》の顔を見あげるようにしてたずねた。

「不錯，再過去一點兒。」

利仁帶著微笑，故意不看五位的臉，靜靜地讓馬向前走着。兩旁的人家漸漸地稀少。如今，在冬天遼濶的田野上，只看到烏鴉在覓食，山陰未融盡的殘雪，隱約地呈現著蒼白的顏色。雖是晴天，野漆樹尖尖的樹梢，觸目地聳入空中，不禁感到些許寒意。

「那麼，是山科附近吧！」

「這是山科，再過去一點點。」

誠然，在說話間，山科已走過去了，豈止是那樣，關山接著也在後面了，大約稍過正午，終於來到了三井寺前。在三井寺兩個人拜訪了，跟利仁有交情的和尚，並且在那兒被招待了一頓午餐。飯後，又騎馬，趕路，跟剛才走過的路相較之下，人煙顯得更加稀少了。尤其是當時，盜賊横行四方，是個紊亂不安的時代——五位把水蛇腰彎得更低，仰望着利仁的臉問道：

註釋：①いかにも：的的確確；實在；眞。　②もそっと：もうすこし。再稍微；差一點。　③えをあさる：找食吃。　④ほのかに：模糊；輕微。　⑤はじ：野漆樹。　⑥なんとなく：不知爲什麽總覺得。　⑦はださむい：肌膚（感覺冷的）。　⑧それどころではない：豈止是那樣。　⑨かれこれ：大約；將近。　⑩ゆくて：前途；前方。

「まだ、さきでござるのう。」

利仁《としひと》は微笑《びしょう》した。いたずらをして、それを見つけられそうになった子どもが、年長者《ねんちょうしゃ》にむかってするような微笑《びしょう》である。鼻《はな》のさきへよせたしわと、目じりにたたえた筋肉《きんにく》のたるみとが、わらってしまおうか、しまうまいかとためらっているらしい。そうして、とうとうこういった。

「じつはな、敦賀《つるが》まで、おつれもうそうと思うたのじゃ。」

わらいながら、利仁《としひと》はむちをあげて遠くの空を指さした。そのむちの下には、てきれきとして、午後の日をうけた近江《おうみ》の湖《みずうみ》が光っている。

五位《ごい》は、ろうばいした。

「敦賀《つるが》ともうすと、あの越前《えちぜん》(いまの福井県《ふくいけん》の東部《とうぶ》)の敦賀でござるかな。あの越前の――」

利仁《としひと》が、敦賀の人、藤原 有仁《ふじわらのありひと》の女婿《じょせい》になってから、おおくは敦賀にすんでいるということも、日ごろからきいていないことはない。が、その敦賀《つるが》までじぶんをつれていく気だろうとは、いまのいままで思わなかった。だいいち、いくたの山河《さんが》をへだてている越前《えちぜん》の国《くに》へ、このとおり、わずかふたりの供人《ともびと》をつれただけで、どうしてぶじにいかれよう。ましてこのごろは、ゆききの旅人《たびびと》が、盗賊《とうぞく》のためにころされたといううわささえ、諸方《しょほう》にある。

「還在前面嗎？」

利仁微笑了。好像惡作劇的孩子，將要被發現時，向年長者所露出的微笑。聚集在鼻尖上的皺紋，和眼角上鬆弛了的筋肉，表示心中在躊躇著：笑出來呢？還是不笑呢？他終於開口道：

「老實說，是想帶你到敦賀去。」

利仁一邊笑着，一邊舉起馬鞭，指着遠處的天空，鞭子指處，是近江湖，它沐浴在午後的陽光，閃閃發光。

五位狼狽了。

「你說的敦賀，是那越前（今福井縣的東部）的敦賀吧！那越前的——」

利仁自從做了敦賀人藤原有仁的女婿之後，大多住在敦賀。五位平素並非沒有聽到過，但要把自己帶往敦賀，這是從來沒有想到的。第一：到許多山河隔離的越前，僅帶著兩個隨從，怎麼能平安到達呢？再加上最近來往的旅客，甚至有被盜賊殺死的傳說，到處可聞。

註釋：①てきれき：閃閃發光的樣子。②ひごろ：平素；素日。③いくた：許多；多少。④へだてる：隔；隔離。⑤ともびと：隨員；從者。

――五位《ごい》はたんがんするように、利仁《としひと》の顔を見た。

「それはまた、めっそうな。東山《ひがしやま》じゃとこころえれば、山科《やましな》。山科じゃとこころえれば、三井寺《みいでら》。あげくが越前《えちぜん》の敦賀《つるが》とは、いったいどうしたということでござる。はじめから、そうおおせらりょうなら、下人《げにん》どもなりと、めしつれようものを。――敦賀《つるが》とは、めっそうな。」

五位《ごい》は、ほとんどべそをかかないばかりになって、つぶやいた。もし〈芋粥《いもがゆ》にあかん〉ことが、かれの勇気《ゆうき》を鼓舞《こぶ》しなかったとしたら、かれはおそらく、そこからわかれて、京都《きょうと》へひとり帰ってきたことであろう。

「利仁《としひと》がひとりおるのは、千人ともお思いなされ。路次《ろじ》の心配《しんぱい》は、ご無用《むよう》じゃ。」

五位のろうばいするのを見ると、利仁は、すこしまゆをひそめながら、あざわらった。そうして調度掛《ちょうどがけ》をよびよせて、もたせてきたつぼやなぐいを背《せ》におうと、やはり、その手から、黒漆《こくしつ》の真弓《まゆみ》をうけとって、それを鞍上《あんじょう》によこたえながら、さきに立って、馬をすすめた。こうなるいじょう、いくじのない五位は、利仁《としひと》の意志《いし》に盲従《もうじゅう》するよりほかにしかたがない。それで、かれは心ぼそそうに、荒涼《こうりょう》とした周囲《しゅうい》の原野《げんや》をながめながら、うろおぼえの観音経《かんのんぎょう》を口のなかに念《ねん》じ念じ、れいの赤鼻《あかばな》をくらの前輪《まえわ》にすりつけるようにして、お

——五位像哀求似的，看着利仁的臉。

「那太意外了，可能是東山，卻是山科。可能是山科，卻是三井。結果是越前的敦賀。到底是怎麽一回事。開始時如果說一聲，該多帶些僕人什麽的。——敦賀、太意外了。」

五位幾乎要哭出來，嘟喃著。假使沒有（將芋粥吃個夠）在鼓舞著他的勇氣，他恐怕就會在那兒分手，獨自回京都吧！

「有利仁一人，可抵得千人，路上請不必惦念。」

一看五位的狼狽相，利仁稍微皺著眉，嘲笑著說。並喚來了帶着弓箭的隨從，把他所帶的箭壺，背在背上，再從他的手裡，拿起黑漆的衞矛，橫放在鞍上，一馬當先的走在前面。到了這個地步，沒有志氣的五位，除了盲從利仁的意志之外，別無其他辦法。於是，心中略顯不安的環顧著周遭荒涼的原野。一邊把半生不熟的觀音經在口中喃喃的唸誦。而那個紅鼻子低得幾乎要磨到馬鞍的前面高出部份。

註釋：①たんがん：請願；哀求。②めっそう：意外；不合理。③あげく：結果；最後。④下人：僕人。⑤べそをかく：要哭。⑥心配はご無用です：請不必惦念。⑦まゆみ：衞矛。⑧よこたえる：弄倒；橫臥。⑨心ぼそい：心中不安的；發慌的。⑩すりつける：磨蹭；塗抹；磨。⑪前輪：馬鞍前面的山形高出部份。

ぼつかない馬のあゆみを、あいかわらず、とぼとぼとすすめていった。

馬蹄《ばてい》の反響《はんきょう》する野《の》は、ぼうぼうたる黄茅《こうぼう》におおわれて、そのところどころにある水たまりも、つめたく、青空をうつしたまま、この冬の午後を、いつかそれなりこおってしまうかとうたがわれる。そのはてには、一帯《いったい》の山脈《やまなみ》が、日にそむいているせいか、かがやくべき残雪《ざんせつ》の光もなく、むらさきがかったくらい色を、ながながとなすっているが、それさえ蕭条《しょうじょう》たるいくむらの枯《か》れすすきにさえぎられて、ふたりの従者《じゅうしゃ》の目には、はいらないことがおおい。――すると、利仁《としひと》が、とつぜん、五位《ごい》のほうをふりむいて、声をかけた。

「あれに、よい使者《ししゃ》がまいった、敦賀《つるが》へのことづけをもうそう。」

五位《ごい》は利仁《としひと》のいう意味《いみ》が、よくわからないので、こわごわながら、その弓《ゆみ》で指さすほうを、ながめてみた。もとより人のすがたが見えるようなところではない。ただ、野《の》ぶどうかなにかのつるが、灌木《かんぼく》のひとむらにからみついているなかを、一ぴきのきつねが、あたたかな毛の色を、かたむきかけた日にさらしながら、のそりのそり歩いていく。――と思ううちに、きつねは、あわただしく身をおどらせて、いっさんに、どこともなく走りだした。利仁《としひと》がきゅうに、むちをならせて、そのほうへ馬をとばしはじめたからである。五位《ごい》も、われをわすれて、利仁《としひと》のあとを追った。従者《じゅうしゃ》ももちろん、おくれてはいられない。

不穩定的馬步，仍然沈重地向前拖著。

原野，在馬蹄的回聲中，爲蓬亂的黃茅所掩蓋，四處的水窪，冷冰冰地映著青空，把這冬天的下午，彷彿在不知不覺間，就被疑爲氷所凍住似的。在那盡頭，是一帶的山脈，或許是背著陽光緣故！沒有殘雪的映光，而抹著長長的一條帶紫的陰暗。但那些也被蕭條的幾叢枯芒，擋住了兩個隨從的視線，大多沒看見。——這時，利仁突然回頭望著五位說：

「在那兒，有好的使者來了？託他帶個口信給敦賀吧。」

五位因爲不很明白利仁話中的意思，戰戰兢兢地眺望著他用弓所指的方向，本來這裡就不會有什麽人影的地方，只有一隻狐狸在野葡萄或什麽的藤蔓纒繞著的一叢灌木中，把牠溫暖的毛浴在西傾的陽光中，慢慢地走著。——說時遲那時快，狐狸慌張地跳起身來，盲目地開始跑著。因爲利仁突然抽響馬鞭，策馬疾馳向那邊。五位也出神地跟在利仁之後追著。隨從當然也不能落後。

註釋：①おぼつかない：可疑的；靠不住；不安定的。②とぼとぼ：沒有力氣。③ぼうぼう：蓬亂。④みずたまり：水窪；水塘。⑤こわごわ：提心吊膽；戰戰兢兢。⑥のそりのそり：表動作緩慢貌。⑦馬をとばす：策馬疾馳。

しばらくは、石をける馬蹄《ばてい》の音が、かっかっとして広野《こうや》のしずけさをやぶっていたが、やがて利仁が、馬をとめたのを見ると、いつ、とらえたのか、もうきつねのあと足をつかんで、さかさまに、くらのかたわらへ、ぶらさげている。きつねが、走れなくなるまで、追いつめたところで、それを馬の下にしいて、手どりにしたものであろう。五位《ごい》は、うすいひげにたまるあせを、あわただしくふきながら、ようやく、そのそばへ馬をのりつけた。

「これ、きつね、ようきけよ。」

利仁《としひと》は、きつねを高く目のまえへつるしあげながら、わざとものものしい声をだしてこういった。

「そのほう、今夜のうちに、敦賀《つるが》の利仁がやかたへまいって、こうもうせ。『利仁は、ただいま、にわかに客人《きゃくじん》を具《ぐ》してくだろうとするところじゃ。明日《みょうにち》、巳《み》の時《とき》ごろ、高島《たかしま》のあたりまで、男たちをむかいにつかわし、それに、くらおき馬二ひき、ひかせてまいれ。』よいかわすれるなよ。」

いいおわるとともに、利仁《としひと》は、ひとふりふってきつねを、遠くの草むらのなかへ、ほうりだした。

「いや、走るわ。走るわ。」

一時，踢著石頭的馬蹄聲，憂憂地劃破了曠野的寂靜，不久，看到利仁剎住馬，不知何時，已經提著狐狸的後腳，倒掛在馬鞍的旁邊。狐狸，被追到走投無路時跑不動，而後按在馬下面，才把它捉住的吧！五位一邊匆忙地擦著稀疏鬍鬚上的汗水，好不容易的騎著馬趕到利仁的旁邊。

「喂！狐狸！好好聽著！」

利仁，把狐狸提高到眼前，故意煞有介事的出聲道：

「今天晚上，你到敦賀的利仁公館去，這樣地說『利仁現在突然跟著客人，正在途中，明天上午十點左右，派遣男人們、牽兩匹配好鞍轡的馬，在高島附近迎接』好了，不許忘了。」

說完，利仁一揮手，把狐狸拋到遠處的草叢中，

「唉呀！跑啊！跑啊！」

註釋：①しずけさ：寂靜；肅靜。②さかさま：倒；顚倒。③かたわら：旁邊。④おいつめる：追到走投無路。⑤てどり：用手捕捉。⑥あわただしい：慌忙的；匆忙的。⑦のりつける：急忙乘坐（交通工具）趕到。⑧つるしあげ：吊起來；掛起來。⑨ものものしい：森嚴的；過份的。⑩そのほう：汝；爾。⑪やかた：（貴族、有錢人家的）公館；邸宅。⑫巳の時：上午十時。

やっと、追いついたふたりの従者《じゅうしゃ》は、にげてゆくきつねのゆくえをながめながら、手をうってはやしたてた。落《お》ち葉《ば》のような色をしたそのけものの背《せ》は、夕日のなかを、まっしぐらに木の根《ね》石くれのきらいなく、どこまでも、走ってゆく。それが一行《いっこう》の立っているところから、手にとるようによく見えた。

きつねを追っているうちに、いつかかれらは、広野《こうや》がゆるい斜面《しゃめん》をつくって、水のかれた川床《かわどこ》と一つになる、そのちょうど上のところへ、でていたからである。

「広量《こうりょう》のお使いでござるのう。」

五位《ごい》は、ナイーブな尊敬《そんけい》と賛嘆《さんたん》とをもらしながら、このきつねさえ頤使《いし》する野育《のそだ》ちの武《ぶ》人《じん》の顔を、いまさらのように、あおいで見た。じぶんと利仁《としひと》とのあいだに、どれほどの懸《けん》隔《かく》(ちがい)があるか、そんなことは、考えるいとまがない。ただ、利仁の意志《いし》に、支配《しはい》される範囲《はんい》が広いだけに、その意志のなかに包容《ほうよう》されるじぶんの意志も、それだけ自由《じゆう》がきくようになったことを、心づよく感じるだけである——阿諛《あゆ》は、おそらく、こういうときに、もっともしぜんに生まれてくるものであろう。読者《どくしゃ》は、今後《こんご》、赤鼻《あかばな》の五位のたいどに、幇間《ほうかん》のようなものかを見いだしても、それだけで、みだりにこの男の人格《じんかく》を、うたがうべきではない。

好不容易才追上的兩個隨從，一邊眺望著狐狸逃去的行踪，一邊拍手歡呼。像落葉一般顏色的獸背，在夕陽中，不顧樹根石塊，一直地跑過去。在他們一行站立的地方，看得非常清楚。

當他們在追狐狸時，不知不覺間，剛好來到了曠野形成了緩和的斜坡和乾涸的河床合而爲一的上面地方來了。

「捕風捉影的方法啊！」

五位流露出尊敬和讚嘆的神情，仰頭更仔細地看這個指使狐狸，在野地裡長大的武士的臉。他沒有時間去想自己和利仁之間，有多麽大的懸殊（不同）。不過，爲利仁的意志所支配的範圍廣泛，其中包括自己的意志，也能夠獲得那麽多的自由，而感到放心。——阿諛逢迎，恐怕在這個時候，更自然而然地油然而生吧！讀者，今後在紅鼻子五位的態度上，即使發現了像是拍馬屁似的什麽東西，是不該就此而胡亂猜疑這個男人的人格。

**註釋**：①やっと：好容易；勉勉強強。②追いつく：追上。③ゆくえ：去向；下落；行踪。④まっしぐら：勇往直前。⑤手に取るように：非常清楚；明顯。⑥ナイーブ：天眞；純樸。⑦もらす：流露。⑧頤使：指使。⑨のそだち：在野地裡成長或長大。⑩幫間：拍馬屁。⑪みだり：胡亂；過份。

ほうりだされたきつねは、なぞえ(ななめ)の斜面《しゃめん》を、ころげるようにして、かけおりると、水のない川床《かわどこ》の石のあいだを、きように、ぴょいぴょい、とびこえて、こんどは、むこうの斜面《しゃめん》へ、いきおいよく、すじかいにかけあがった。かけあがりながら、ふりかえって見ると、じぶんを手どりにしたさむらいの一行《いっこう》は、まだ遠い傾斜《けいしゃ》の上に馬をならべて立っている。それがみんな、指をそろえたほどに、小さく見えた。ことに入り日をあびた、月《つき》毛《げ》と葦毛《あしげ》とが、しもをふくんだ空気のなかに、えがいたよりもくっきりと、うきあがっている。

きつねは、かしらをめぐらすと、また枯《か》れすすきのなかを風のように、走りだした。

一行は、予定《よてい》どおりよく日の巳《み》の時《とき》ばかりに、高島《たかしま》のあたりへきた。ここは琵琶湖《びわこ》にのぞんだ、ささやかな部落《ぶらく》で、昨日《さくじつ》ににず、どんよりとくもった空の下に、いく戸《こ》のわら屋《や》が、まばらにちらばっているばかり、岸《きし》にはえた松《まつ》の木のあいだには、灰色《はいいろ》のさざ波《なみ》をよせる湖《みずうみ》の水面《すいめん》が、みがくのをわすれた鏡《かがみ》のように、さむざむとひらけている。——ここまでくると利仁《としひと》が、五位《ごい》をかえりみていった。

「あれをごろうじろ。男どもが、むかいにまいったげでござる。」

被扔出去的狐狸，滾轉似的一跑下斜坡，在乾涸的河床石頭間，靈巧地跳躍著。這時向著對面的斜地，氣勢很好地交叉跑上去。一邊向上跑，一邊回頭看，曾捉住自己的武士一行人，還在遠遠的斜坡上並馬而立著。他們，看起來像指頭一般小。尤其是沐浴在落日餘暉中的桃紅色的馬和菊花青色的馬，在含著霜的空氣裏如畫般清晰的浮現出。狐狸轉過頭來，風也似地又開始奔向枯芒中了。

一行人，照著預定時間，在第二天上午十時左右，來到了高島附近。這裡是面臨琵琶湖的小部落。今天不像昨天，在陰沉沉的天空下，只有幾戶稻草屋，稀疏地散佈著。在岸上從松樹間，起伏著灰色的微波的湖面，好像忘了琢磨的鏡子似的，冷冰冰的展開著。——來到這裡，利仁回頭對著五位說；

「看那邊，僕人們來迎接了。」

註釋：①ほうりだす：抛出去；扔出去。②なぞえ：（斜面）傾斜、斜。③ころげる：滾轉。④きよう：巧；靈巧。⑤ぴょいぴょい：輕跳貌。⑥すじかい：斜對面；交叉。⑦くっきり：輪廓分明；清楚；顯眼。⑧かしら：頭。⑨かれすすき：枯芒。⑩どんより：陰沈沈。⑪まばら：稀；稀疏。⑫さむざむ：冷冰冰。⑬ちらばる：分散；零亂。

見ると、なるほど、二ひきのくらおき馬をひいた、二、三十人の男たちが、馬にまたがったのもあり徒歩《かち》のもあり、みな水干《すいかん》のそでを寒風《かんぷう》にひるがえして、湖《みずうみ》の岸《きし》、松《まつ》のあいだを、一行《いっこう》のほうへいそいでくる。やがてこれが、ま近くなったと思うと、馬にのっていた連中《れんちゅう》は、あわただしくくらをおり、徒歩《かち》の連中《れんちゅう》は、路傍《ろぼう》に蹲踞《そんきょ》して、いずれもうやうやしく、利仁《としひと》のくるのをまちうけた。

「やはり、あのきつねが、使者《ししゃ》をつとめたとみえますのう。」

「生得《しょうとく》、変化《へんげ》あるけものじゃて、あのくらいの用《よう》をつとめるのは、なんでもござらぬ。」

五位《ごい》と利仁《としひと》とが、こんな話をしているうちに、一行《いっこう》は、郎等《ろうどう》たちのまっているところへきた。

「たいぎじゃ。」

と、利仁が声をかける。蹲踞《そんきょ》していた連中《れんちゅう》が、せわしく立って、ふたりの馬の口をとる。きゅうに、すべてが陽気《ようき》になった。

「夜前《やぜん》、けうなことがございましてな。」

ふたりが、馬からおりて、しき皮《がわ》の上へ、こしをおろすかおろさないうちに、檜皮色《ひわだいろ》(黒っぽい赤)の水干《すいかん》をきた、白髪《はくはつ》の郎等《ろうどう》が、利仁《としひと》のまえへきて、こういった。

一看，果然，有二、三十個男人，有騎馬的，也有徒步的，所有禮服的袖子，被寒風飄動著，從湖岸松樹間牽著兩匹有馬鞍的馬，朝著利仁一行人而來。不久，到了跟前，騎馬的那群人匆忙的下馬，步行的那群人則蹲在路邊，都恭恭敬敬地等候著利仁前來。

「看樣子果然是那隻狐狸當了使者啊！」

「生來就是狐精化身，像做這種事並不算什麽！」

五位和利仁在這樣談話間，一行人已來到了僕人家臣們等的地方。

「辛苦了。」

利仁說。蹲著的一群人，急忙的站起來，接過兩人的馬轠。突然，所有的一切顯得熱鬧起來。

「昨夜，有奇事！」

兩人從馬上下來，在舖上的皮墊上還沒有坐好時，穿著檜皮色禮服白髮的家臣，來到利仁的前面如此地說著：

**註釋**：①ひるがえす：翻過來；使飄動。②いずれも：都。③うやうやしい：恭恭敬敬的。④郎等：從者；僂儸；（將軍諸侯）的家臣。⑤たいぎ：辛苦；受累。⑥せわしい：忙的。⑦陽気：熱鬧；快活。⑧けう：稀有；罕有。

「なんじゃ。」

利仁《としひと》は、郎等《ろうどう》たちのもってきたささえやわりごを、五位《ごい》にもすすめながら、おうように問《と》いかけた。

「さればでございまする。夜前《やぜん》、戌《いぬ》の時《とき》ばかりに、おくがたがにわかに、人ごこちをおうしないなされましてな。『おのれは、阪本《さかもと》のきつねじゃ。きょう、とののおおせられたことを、ことづてしようほどに、近うよって、ようききやれ』と、こうおっしゃるのでございまする。さて、一同《いちどう》がおまえにまいりまするると、おくがたのおおせられまするには、『とのはただいまにわかに客人《きゃくじん》を具《ぐ》して、くだられようとするところじゃ。明日巳《みょうにち・み》の時《とき》ごろ、高島《たかしま》のあたりまで男どもをむかいにつかわし、それにくらおき馬二ひきひかせてまいれ』と、こう御意《ぎょい》あそばすのでございまする。」

「それは、また、けうなことでござるのう。」

五位は利仁の顔と、郎等《ろうどう》の顔とを、子細《しさい》らしく見くらべながら、両方にまんぞくをあたえるような、あいづちをうった。

「それもただ、おおせられるのではございませぬ。さも、おそろしそうに、わなわなとおふるえになりましてな、『おくれまいぞ。おくれれば、おのれが、とののご勘当《かんどう》をうけねば

「什麽事？」

利仁一邊勸五位吃僕人們帶來的酒菜，一邊從容不迫的問著。

「是這樣的，昨夜，八時左右，夫人突然不省人事，『我是阪本的狐狸，今天，公子有話要我來吩咐，靠近來好好的聽著』這樣地說著。且說，大家一到前面，夫人說了：『公子，現在，突然跟著客人回來，現正在途中，明天上午十時左右，派遣僕人們，牽兩匹配好鞍轡的馬到高島附近迎接』如此的尊意。」

「那，眞是稀奇的事啊！」

五位把利仁的臉和家臣的臉，好像很詳細的比較看看，對於兩人都能給予滿足隨聲附和著。

「不止如此，好像還很害怕似的顫慄著說『不要遲到了。要是遲到了，我一定要受到公子的譴責的。』」

**註釋**：①ささえ：盛酒竹筒。②わりご：（有隔板的）食盒。③戌の時：下午八時左右。④御意：尊意；尊命。⑤あいずちをうつ：隨聲附和；打幫腔。⑥さも：好像；當然；很可能。⑦わなわな：哆索。⑧かんどう：觸怒（長上）；遣責。

ならぬ』と、しっきりなしに、お泣《な》きになるのでございまする。」

「して、それから、いかがした。」

「それから、たわいなく、おやすみになりましてな。てまえどものでてまいりまするときにも、まだ、おめざめにはならぬようで、ございました。」

「いかがでござるな。」

郎等《ろうどう》の話をききおわると、利仁《としひと》は五位《ごい》を見て、とくいらしくいった。

「利仁には、けものもつかわれもうすわ。」

「なんともおどろきいるほかは、ござらぬのう。」

五位は、赤鼻《あかばな》をかきながら、ちょいと、頭をさげて、それから、わざとらしく、あきれたように、口をひらいてみせた。口ひげにはいま、のんだ酒《さけ》が、しずくになって、くっついている。

その日の夜のことである。五位は、利仁のやかたのひと間《ま》に、きり燈台《とうだい》の火をながめるともなくながめながら、ねつかれない長《なが》の夜をまじまじして、あかしていた。すると、夕方、ここへつくまでに、利仁《としひと》や利仁の従者《じゅうしゃ》と、談笑《だんしょう》しながら、こえてきた松山《まつやま》、小川《おがわ》、枯《か》

不停的哭泣。」

「那麽，然後怎麽樣呢？」

「然後，不省人事的睡著了，我們出來的時候，好像還沒有醒呢！」

「怎麽樣？」

一聽完家臣的話，利仁看了五位，好像得意揚揚的說。

「利仁連野獸也能支使的啊！」

「眞是除了驚奇，沒話可說了。」

五位一邊摸著紅鼻子，稍微低頭，一邊張著嘴巴表示好像吃驚似的。在鬍鬚上，還沾著剛才喝的酒的酒珠。

是夜，五位在利仁公館的一間房子裏，對著梧桐燭台上的燭火，眼睜睜地看著長夜的消失而不能入睡。於是，傍晚到達這裡之前，和利仁及利仁的隨從，一邊談笑，一邊越過的松山、小川、枯野、

**註釋**：①しっきりなしに：接連不斷地。②して：そうして（而；那麽。）③たわいない：不省人事。④めざめ：睡醒。⑤とくい：得意；揚揚得意。⑥なんとも：眞的。⑦頭をさげる：低頭。⑧わざとらしい：故意似的；裝做的。⑨あきれる：嚇呆；吃驚。⑩しずく：水點；水滴。⑪みせる：表示；顯似。⑫くっつく：黏上；附著。⑬その日：當天；那一天。⑭ひとま：一間屋子；房子（一間）⑮とうだい：燈架；燭台。⑯ねつく：睡著；入睡。⑰まじまじ：屢次眨眼貌；盯着看。

れ野《の》、あるいは、草、木《こ》の葉《は》、石、野火《のび》のけむりのにおい、――そういうものが、一つずつ、五位《ごい》の心に、うかんできた。ことに、すずめ色時《いろどき》（夕ぐれ）のもやのなかを、やっと、このやかたへたどりついて、長びつにおこしてある、炭火《すみび》の赤いほのおを見たときの、ほっとした心持ち、――それも、いまこうして、ねていると、遠いむかしにあったこととしか思われない。五位は綿《わた》の四、五寸《すん》もはいった、黄色い直垂《ひたたれ》の下に、らくらくと、足をのばしながら、ぼんやり、われとわがねすがたを見まわした。

直垂《ひたたれ》の下に利仁《としひと》がかしてくれた、練色《ねりいろ》（うすい黄色）の衣《きぬ》の綿《わた》あつなのを二枚《まい》までかさねて、きこんでいる。それだけでも、どうかすると、あせがでかねないほど、あたたかい。そこへ、夕はんのときに一ぱいやった、酒《さけ》のよいがてつだっている。まくらもとのしとみ一つへだてたむこうは、しものさえた広庭《ひろにわ》だが、それも、こう陶然《とうぜん》としていれば、すこしも苦《く》にならない。

万事《ばんじ》が、京都《きょうと》のじぶんの曹司《ぞうし》にいたときとくらべれば、雲泥《うんでい》のそういである。が、それにもかかわらず、わが五位の心には、なんとなくつりあいのとれない不安《ふあん》があった。だいいち、時間のたっていくのが、まちどおい。しかもそれとどうじに、夜のあけるということが、――芋粥《いもがゆ》を食《く》うときになるということが、そうはやく、きてはならないような心持

或是草、樹葉、石頭、野火的烟味——那些東西，一一的湧上心頭來。尤其是，在褐色時（黃昏）的暮靄中，好不容易走到了這個公館。看到了在長方形的橱櫃，升起紅紅的火燄時，如釋重負般的心情——而且，現在如此地躺著，只是總覺得彷彿已是遙不可及的往事。五位很舒服地把腳伸入裝有四、五寸厚棉花的黃色被褥中，茫然地，獨自環視自己的睡態。

在被褥之下，五位穿著兩件利仁借他的淡黃色厚的棉襖，只要那兩件，說不定暖和得流出汗來了。這時候，再加上晚飯時喝了一杯酒，酒的幫忙，枕邊隔着遮蔽風雨的板窗的對面，廣大的庭院，雖然霜凍著，在陶醉的心情之下，一點兒也不覺得苦。一切，和自己在京都的房間比起來，實有霄壤之別。但，雖然如此，我們五位的心中，不知爲什麽總覺得有無法平衡的不安。第一，時間的經過，令他等得不耐煩。並且，與此同時，天亮這件事——吃芋粥，反而不希望很快的就到來。

**註釋**：①心にうかぶ：（忽然）想起；湧上心頭。②すずめいろ：濃茶色；褐色。③ゆうぐれ：黃昏。④たどりつく：好容易走到；掙扎走到。⑤長びつ：長方形的橱櫃。⑥ほのお：火燄；火苗。⑦ほっと：放心貌。⑧らくらく：很舒服；很安適。⑨直垂：平安、鎌倉時代一般男子穿的衣服，這裡是指像被褥的東西。⑩みまわす：環視。⑪しとみ：遮蔽風的板窗。⑫曹司：官吏或女官之房間。⑬雲泥：霄壤；雲泥。

ちがする。そうしてまた、このむじゅんした二つの感情《かんじょう》が、たがいに克《こく》しあうしろには、境遇《きょうぐう》のきゅうげきの変化《へんか》からくる、おちつかないきぶんが、きょうの天気のように、うすらさむくひかえている。それが、みな、じゃまになって、せっかくのあたたかさも、よういに、ねむりをさそいそうもない。

すると、外の広庭《ひろにわ》で、だれか大きな声をだしているのが、耳にはいった。声がらでは、どうも、きょう、とちゅうまでむかえにでた、白髪《はくはつ》の郎等《ろうどう》がなにかふれているらしい。そのひからびた声が、しもにひびくせいか、りんりんとしてこがらしのように、一語ずつ五《ご》位《い》の骨《ほね》に、こたえるような気さえする。

「このあたりの下人《げにん》、うけたまわれ。とのの御意《ぎょい》あそばさるるには、明朝《みょうちょう》、卯《う》の時《とき》までに、きり口三寸《ずん》、長さ五尺《しゃく》の山の芋《いも》を、おのおの、ひとすじずつ、もってまいるようにとある。わすれまいぞ、卯《う》の時《とき》までにじゃ。」

それが、二、三度、くりかえされたかと思うと、やがて、人のけはいがやんで、あたりはたちまちもとのように、しずかな冬の夜になった。そのしずかななかに、きり燈台《とうだい》のあぶらがなる。赤い真綿《まわた》のような火が、ゆらゆらする。五位はあくびを一つ、かみつぶして、また、とりとめのない、思量《しりょう》にふけりだした。――山の芋《いも》というからには、もちろん芋粥《いもがゆ》

而這兩個矛盾的感情相尅的背後，是因環境急遽的變遷而引起心裡的不安。像今天的天氣一樣有點兒微寒，不過那些全都成了累贅，雖然穿得暖和，也不容易進入夢鄉。

這時，在外面的廣大庭院中，有什麼人發著高大的聲音，傳入他的耳裏。從聲音分辨，好像是今天到中途迎接的白髮家臣在通知什麼似的。乾渴的聲音，是由於在霜中發出的關係吧！凛冽如初冬之寒風，一句一句地好像刺進五位的骨髓裏。

「這裏的屬民聽著。公子的尊意，明天早上六時前大家各拿一根切口三寸長五尺的山芋來，不要忘了，在六時之前。」

那句話反覆地說了二、三遍，不久，沒有人聲，附近馬上又像剛才一樣，成了寂靜的冬夜。在那寂靜中梧桐燭台油在響。紅絲棉似的火光搖幌著。五位打了一個呵欠，劃破了寂靜。又開始沈迷於不着邊際的沈思了。——從所謂的山芋，當然

註釋：①うすらさむい：有點兒微寒。②ふれる：通知。③ひからびる：乾透。④りんりん：凛冽。⑤こがらし：秋到初冬時期所吹的風。⑥下人：領主的屬民。⑦御意：尊意。⑧卯の時：上午六時左右。⑨ゆらゆら：搖幌；搖盪。⑩かみつぶす：咬碎；嚼碎。⑪とりとめのない：不得要領。⑫ふける：耽於；沈迷。

にする気で、もってこさせるのにそういない。そう思うと、いっとき、外に注意《ちゅうい》を集中《しゅうちゅう》したおかげでわすれていた、さっきの不安《ふあん》が、いつのまにか、心にかえってくる。

ことに、まえよりも、いっそうつよくなったのは、あまりはやく芋粥《いもがゆ》にありつきたくないという心持ちで、それがいじわるく、思量《しりょう》の中心《ちゅうしん》をはなれない。どうもこうよういに〈芋粥にあかん〉ことが、事実《じじつ》となってあらわれては、せっかくいままで、何年となく、しんぼうしてまっていたのが、いかにも、むだなほねおりのように、見えてしまう。できることなら、なにかとつぜん故障《こしょう》がおこって、いったん、芋粥がのめなくなってから、また、その故障《こしょう》がなくなって、こんどは、やっとこれにありつけるというような、そんな手つづきに、万事《ばんじ》をはこばせたい。——こんな考えが、〈こまつぶり〉のように、ぐるぐる一つところをまわっているうちに、いつか、五位《ごい》は、旅《たび》のつかれで、ぐっすり、熟睡《じゅくすい》してしまった。

あくる朝、目がさめると、すぐに、昨夜《さくや》の山の芋《いも》の一件《いっけん》が気になるので、五位は、なによりもさきにへやのしとみをあげてみた。すると、知らないうちに、ねすごして、もう卯《う》の時《とき》をすぎていたのであろう。広庭《ひろにわ》へしいた、四、五枚《まい》の長むしろの上には、丸太《まるた》のようなものが、およそ、二、三千本、ななめにつきだした、檜皮《ひわだ》ぶきののきさきへつかえるほど、山のように、つんである。見るとそれが、ことごとく、きり口三寸《ずん》、長さ五尺《しゃく》のとほ

一定是打算拿來做芋粥的。如此一想，一時，因爲注意力集中在外面的緣故，而忘掉了剛才的不安，不知不覺的又回到心裏來了。

尤其比以前更加強烈的，是因爲不希望太快吃到芋粥的心情，不巧的，一直縈繞在腦際。總覺得這件事（吃個飽芋粥）如此輕易地成爲事實，多年來，所忍耐等待的，看起來好像是徒勞了。要是可能的話，一旦突發什麽事故，不能吃到芋粥，其後，事故消失了，這回，好不容易才吃到。希望所有的事讓它照着這程序進展。——這種想法，像（陀螺）一樣的，在一個地方團團地旋轉着，五位因旅途的疲勞，而睡得很甜。

第二天早上，一覺醒來，因爲擔心昨夜聽到有關山芋的那件事，比什麽都優先的把房裡遮蔽風雨的板窗推上去馬上往外看。在不知不覺中睡過了時間，已過六時了。鋪在廣濶庭院的四、五張的長蓆子上，如圓木樣的東西，大約二、三千棵，像是快要頂到絲柏檜皮葺屋頂的簷端般地斜伸出來，堆積如山，一看那些，全都是切口三寸，長五寸。

**註釋**：①おかげ：由於；因爲……的緣故。②ありつく：吃到。③いじわるい：心術不良；心眼兒壞的；不湊巧的。④ほねおり：辛苦；盡力。⑤いったん：一旦；既然。⑥ぐるぐる：一層一層地；一繞一繞地。⑦ぐっすり：酣睡貌；熟睡貌。⑧ねすごし：睡得過多。⑨長むしろ：長蓆子。⑩丸太：圓木。

うもなく大きい、山の芋《いも》であった。

五位《ごい》は、ねおきの目をこすりながら、ほとんど周章《しゅうしょう》に近い驚愕《きょうがく》におそわれて、ぼうぜんと、周囲《しゅうい》を見まわした。広庭《ひろにわ》のところどころには、あたらしくうったらしいくいの上に五斛納《ごくのう》がまを五つ六つ、かけつらねて、白い布《ぬの》の襖《あお》をきたわかい下司女《げすおんな》が、何十人となく、そのまわりにうごいている。火をたきつけるもの、灰《はい》をかくもの、あるいは、あたらしい白木《しらき》のおけに、〈あまずらみせん〉をくんでかまのなかへいれるもの、みな芋粥《いもがゆ》をつくる準備《じゅんび》で、目のまわるほどいそがしい。

かまの下からあがるけむりと、かまのなかからわくゆげとが、まだきえのこっている明《あ》け方《がた》のもやと一つになって、広庭《ひろにわ》いちめん、はっきりものも見さだめられないほど、灰色《はいいろ》のものがこめたなかで、赤いのは、れつれつともえあがるかまの下のほのおばかり、目に見るもの、耳にきくものことごとく、戦場《せんじょう》か火事場《かじば》へでもいったようなさわぎである。五位は、いまさらのように、この巨大《きょだい》な山の芋《いも》が、この巨大な五斛納《ごくのう》がまのなかで、芋粥《いもがゆ》になることを考えた。そうして、じぶんが、その芋粥《いもがゆ》を食《く》うために京都から、わざわざ、越前《えちぜん》の敦賀《つるが》まで旅《たび》をしてきたことを考えた。考えれば考えるほど、なに一つ、なさけなくならないものはない。わが五位《ごい》の同情《どうじょう》すべき食欲《しょくよく》は、じつに、このときもう、一半《いっぱん》を減却《げんきゃく》

大得出奇的山芋。

五位一邊揉著惺忪的眼睛，受到幾乎近於狼狽的驚愕所襲擊，茫然地環視四周。廣濶的庭院的四處在好像是新釘的樁子上面，排列的掛著五、六個五斛納鍋，穿著白布背心似的服裝的年青女小吏，不下幾十個，在四周走動著，燒火的，掏灰的，或是，往新白木的桶裡汲（甘葛的煎汁）的，全都是爲了做芋粥的準備。顯得非常忙碌的樣子。

從鍋子的下面升上來的煙和從鍋子裡面燒開的水蒸氣，與還未消失的黎明的霧溶合在一起，整個廣濶的庭院，幾乎不能淸淸楚楚的斷定是什麽東西，只有集中在灰色的東西之中的紅色的熊熊地燃燒著的烈火是鍋子下面的火燄，眼見的，耳聽的，所有的一切，像是到了戰場或失火場一樣的吵鬧。五位好像現在才想到，這些巨大的山芋，將在這巨大的五斛納鍋中煮成芋粥！而，自己，爲了吃芋粥，特意地從京都遠行到越前的敦賀，越想越覺得，無論如何，是可恥的。

我們五位値得同情的食慾，說眞的這個時候，已經減低了一半。

**註釋：**①とほうもない：毫無道理。②ねおき：睡醒；醒來。③周章：狼狽；慌張。④ぼうぜん：茫然；模糊。⑤くい：樁子。⑥つらねる：排列；連接；連上。⑦あお：背心似的服裝。⑧おけ：木桶。⑨あまずらみせん：甘葛所煎的汁。⑩目がまわる：目眩；眼花；非常忙。

してしまったのである。

それから、一時間ののち、五位は利仁《としひと》やしゅうとの有仁《ありひと》とともに、朝はんのぜんにむかった。まえにあるのは、銀《しろがね》のひさげの一斗《と》（やく十八リットル）ばかりはいるのに、なみなみと海のごとくたたえた、おそるべき芋粥《いもがゆ》である。五位はさっき、あののきまでつみあげた山の芋を、何十人かのわかい男が、うす刃《ば》をきようにうごかしながら、かたはしからけずるように、いきおいよくきるのを見た。それからそれを、あの下司女《げすおんな》たちが、右往左往《うおうさおう》にはせちがって、一つのこらず、五斛納《ごくのう》がまへすくってはいれ、すくってはいれするのを見た。さいごに、その山の芋が、一つも長むしろの上に見えなくなったときに、芋のにおいと、あまずらのにおいとをふくんだ、いく道かのゆげの柱《はしら》が、蓬々然《ほうほうぜん》として、かまのなかから、はれた朝の空へ、まいあがっていくのを見た。これを、まのあたりに見たかれが、いま、ひさげにいれた芋粥《いもがゆ》にたいしたとき、まだ、口をつけないうちから、すでに、満腹《まんぷく》を感じたのは、おそらく、むりもないしだいであろう。――五位は、ひさげをまえにして、まのわるそうに、ひたいのあせをふいた。

「芋粥にあかれたことが、ございぬげな。どうぞ、えんりょなくめしあがってくだされ。」

しゅうとの有仁《ありひと》は、童児《どうじ》たちにいいつけて、さらにいくつかの銀《しろがね》のひさげをぜんの上に

從那時起，一個小時之後，五位和利仁及利仁之岳父有仁，一同坐在早餐的桌子上，前面有銀的酒壺裝著一斗（約十八公升）左右，滿滿地，而像海一樣地充滿著的是驚人的芋粥。五位剛才看到了，堆起來到了屋簷的山芋，數十位年青的男人，很熟練的動著薄刄的菜刀，從一端端的削去。然後看到了，那些女下吏們，東跑西竄的把那些山芋，一個也不留的捧起來放入五斛納鍋裡。最後，那些在長草蓆上的山芋一個也不見時，卻看到了含有山芋香味的幾道蒸氣飛飄，由鍋裡升向晴朗的晨空。親眼看到這些的他，現在，面對著裝在酒壺裡的芋粥，還沒吃，就已經覺得吃飽了似的，大概，不是沒有道理的。——五位坐在酒壺前，好像害臊似的，擦著額頭的汗。

「聽說沒有吃夠芋粥，請！不要客氣吃吧！」

岳父有仁吩咐童子們後，進一步的把兩三個銀壺並排在餐桌上。

**註釋**：①しゅうと：岳父。②ひさげ：酒壺。③リットル：公升。④なみなみ：滿…地。滿得要溢出來。⑤たたえる：裝滿。⑥おそるべき：可怕的；非常的；驚人的。⑦つみあげる：堆起來。⑧かたはし：一端；一邊；一小部份。⑨右往左往：東跑西竄；亂跑。⑩すくう：撈取；掏取；捧。⑪まのあたり：目前；親眼；直接。⑫間が悪い：不湊巧；不好意思。⑬げな：表示推測（そうだ）。⑭いいつける：吩咐；命令。

ならべさせた。なかにはどれも芋粥《いもがゆ》が、あふれんばかりにはいっている。五位《ごい》は目をつぶって、ただでさえ赤い鼻《はな》を、いっそう赤くしながら、ひさげに半分ばかりの芋粥を大きな土器《かわらけ》にすくって、いやいやながらのみほした。

「父も、そうもうすじゃて。ひらに、えんりょはご無用《むよう》じゃ。」

利仁《としひと》もそばから、あらたなひさげをすすめて、いじわるくわらいながらこんなことをいう。よわったのは五位である。えんりょのないところをいえば、はじめから芋粥《いもがゆ》は、ひとわんもすいたくない。それをいま、がまんして、やっと、ひさげに半分だけたいらげた。これいじょう、のめば、のどをこさないうちにもどしてしまう。そうかといって、のまなければ、利仁や有仁《ありひと》の厚意《こうい》を無《む》にするのも、同じである。そこで、かれはまた目をつぶって、のこりの半分を三分の一ほどのみほした。もうあとは、ひと口もすいようがない。

「なんとも、かたじけのうござった。もう、じゅうぶんちょうだいいたしたて。——いやはや、なんとも、かたじけのうござった。」

五位は、しどろもどろになって、こういった。よほどよわったとみえて、口ひげにも、鼻のさきにも、冬とは思われないほど、あせが玉になって、たれている。

「これはまた、ご少食《しょうしょく》なことじゃ。客人《きゃくじん》は、えんりょをされるとみえたぞ。それそれ、そ

在其中，每一個酒壺都把芋粥都裝得幾乎要溢出來的樣子。五位閉著眼睛，只要在平時就紅的鼻子，顯得更紅，從酒壺裏汲了一半左右的芋粥，放入大的陶器裡，勉強喝乾了。

「父親也如此地說，請不必要客氣。」

利仁也從旁勸用新的酒壺，故意爲難的一邊笑著，一邊這樣說，五位不知如何是好。要是說不客氣的話，從開始就一碗也不想吃，而現在，忍耐著，好不容易，才喝光了酒壺裡的一半。若是再喝的話，還沒經過喉嚨時，恐怕就會吐出來了。他說了「是的」。要是不喝的話，等於辜負了利仁及有仁的好意。因此，他閉上眼睛，又吃了剩下的一半的三分之一，之後，一口也喝不下了。

「眞是謝謝！已經吃得很多了，——唉呀！眞是謝謝。」

五位，變得狼狽不堪地，如此說著。看起來相當的困窘，在鬍子上，鼻尖上，流著汗珠，使人不感到這是在冬天。

「這，吃得太少了。客人，好像是客氣。對！對！

**註釋**：①のみほす：喝光；喝淨。 ②いやいや：不願意；勉強。 ③ひらに：懇求貌；央求貌。 ④むよう：無需；不必要。 ⑤あらた：新；重新。 ⑥いじわるい：心術不正的；故意爲難的。 ⑦よわる：爲難；困窘；不知如何是好。 ⑧たいらげる：吃完；吃光。 ⑨こす：經過。 ⑩無にする：辜負。 ⑪いやはや：唉呀！啊呀。 ⑫なんとも：眞的。

のほうども、なにをいたしておる。」

童児《どうじ》たちは、有仁《ありひと》のことばにつれて、あらたなひさげのなかから、芋粥《いもがゆ》を、土器《かわらけ》にくもうとする。五位《ごい》は、両手をはえでも追うようにしてうごかして、ひらに、辞退《じたい》の意《い》をしめした。

「いや、もう、じゅうぶんでござる。……失礼《しつれい》ながら、じゅうぶんでござる。」

もし、このとき、利仁《としひと》が、とつぜん、むこうの家ののきを指さして、「あれをごろうじろ」といわなかったなら、有仁《ありひと》はなお、五位に、芋粥をすすめて、やまなかったかもしれない。が、さいわいにして、利仁の声は、一同《いちどう》の注意《ちゅうい》を、そののきのほうへもっていった。檜皮《ひわだ》ぶきののきには、ちょうど、朝日がさしている。そうして、そのまばゆい光に、つやのいい毛皮《けがわ》をあらわせながら、一ぴきのけものが、おとなしく、すわっている。見るとそれは、おととい、利仁《としひと》が枯《か》れ野《の》の道で手どりにした、あの阪本《さかもと》の野《の》ぎつねであった。

「きつねも、芋粥がほしさに見参《げんざん》したそうな。男ども、しゃつにも、ものを食《く》わせてつかわせ。」

利仁の命令《めいれい》は、言下《げんか》におこなわれた。のきからとびおりたきつねは、ただちに広庭《ひろにわ》で芋《いも》粥《がゆ》のちそうに、あずかったのである。

你們在做什麽？」

童子們，隨著有仁的話，將要從新的酒壺，把芋粥往陶器倒的時候。五位揮動著兩手，好像拍蒼蠅似的，央求著表示謝絕之意。

「不，已經夠了。……對不起！夠了。」

假使，這個時候，若非利仁，突然地指著對面的屋簷說「看那個吧！」的話，有仁仍然會不停地勸著五位吃芋粥也說不定。但，幸虧利仁的聲音，把大家的注意吸引到屋簷那邊去了。檜皮葺的屋簷上，剛好爲晨曦照射著，而在那耀眼的日光中，顯露著光澤很好的毛皮，一隻狐狸安祥的坐著。一看那是前天利仁在枯野的道路上用手抓的，那隻阪本野狐狸。

「狐狸好像也想吃芋粥而來覲見，僕人們，也賞給那傢伙吃吧！」

利仁的命令，馬上實現了。從屋簷上跳下的狐狸，立刻在廣濶的庭院，享受著芋粥。

**註釋**：①しめす：表示。②ごろうじる：看。③さいわいに：幸而；正好；幸虧。④まばゆい：晃眼的。⑤つや：光澤；光亮；光潤。⑥見參：謁見；覲見。⑦しゃつ：那傢伙。⑧つかわせ：給；賞給；賜。⑨げんか：當前；目下。⑩おこなわれる：實施；實行。⑪ただちに：立刻。⑫あずかる：受；蒙。

五位《ごい》は、芋粥をのんでいるきつねをながめながら、ここへこないまえのかれ自身《じしん》を、なつかしく、心のなかでふりかえった。それは、おおくのさむらいたちに愚弄《ぐろう》されているかれである。京童《きょうわらべ》にさえ、「なんじゃ。この鼻赤《はなあか》めが」と、ののしられているかれである。色のさめた水干《すいかん》に、指貫《さしぬき》をつけて、かいぬしのないむく犬のように、朱雀大路《すざくおおじ》をうろついて歩く、あわれむべき、孤独《こどく》なかれである。しかし、どうじにまた芋粥にあきたいという欲望《よくぼう》を、ただひとりだいじにまもっていた、幸福《こうふく》なかれである。——かれは、このうえ芋粥をのまずにすむという安心《あんしん》とともに、満面《まんめん》のあせがしだいに、鼻のさきから、かわいてゆくのを感じた。はれてはいても、敦賀《つるが》の朝は、身にしみるように、風がさむい。五位はあわてて、鼻をおさえるとどうじに、銀《しろがね》のひさげにむかって大きなくさめをした。

五位一邊凝視著正在喝芋粥的狐狸，一邊在心中懷念地回顧著未來這裡之前的自己。那是被很多武士們愚弄的他，甚至被京城的小孩子罵「什麽？你這紅鼻子」的他。穿著褪色的禮服及袴子。好像沒有飼主的狗似的在朱雀大路上徘徊地走著。可憐而孤獨的他。同時又把想喝個夠芋粥的慾望，自己一個人緊緊地守著，幸福的他。——他知道不必再喝芋粥而安心，同時感覺到滿臉的汗珠，從鼻尖開始，漸漸地乾了。雖然是晴天，可是敦賀的早晨，寒風刺骨。五位匆匆地掩著鼻子，同時對著銀的酒壺打了個大噴嚏。

**註釋**：①なつかしい：懷念的；戀慕的。②ふりかえる：回頭看；向後看；回顧（過去）。③うろつく：徘徊；打轉轉。④あわれむ：憐憫；憐。⑤くさめ：噴嚏。

# みかん

# 橘子

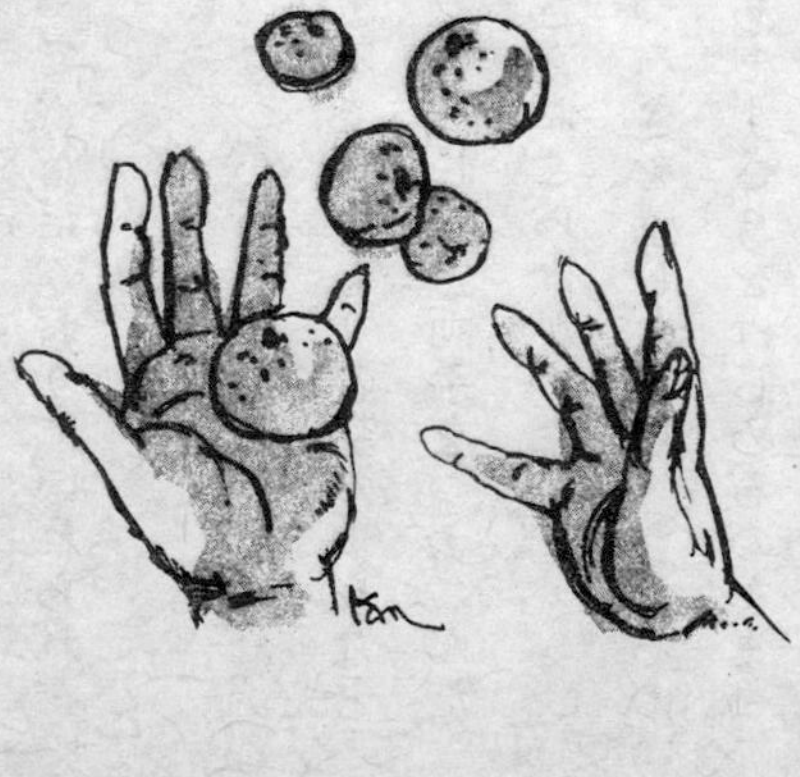

あるくもった冬の日ぐれである。わたしは横須賀《よこすか》発《はっ》のぼり二等客車《とうきゃくしゃ》のすみにこしをおろして、ぼんやり発車《はっしゃ》の笛《ふえ》をまっていた。とうに電燈《でんとう》のついた客車《きゃくしゃ》のなかには、めずらしくわたしのほかにひとりも乗客《じょうきゃく》はいなかった。外をのぞくと、うすぐらいプラットフォームにも、きょうはめずらしく見おくりの人かげさえあとをたって、ただ、おりにいれられた小犬が一ぴき、ときどきかなしそうに、ほえたてていた。

これらは、そのときのわたしの心持ちと、ふしぎなくらいにつかわしいけしきだった。わたしの頭のなかには、いいようのない疲労《ひろう》と倦怠《けんたい》とが、まるで雪ぐもりの空のようなどんよりしたかげをおとしていた。わたしは外《がい》とうのポッケットへじっと両手をつっこんだまま、そこにはいっている夕刊《ゆうかん》をだしてみようという元気さえおこらなかった。

が、やがて発車《はっしゃ》の笛《ふえ》がなった。わたしはかすかな心のくつろぎを感じながら、うしろの窓《まど》わくへ頭をもたせて、目のまえの停車場《ていしゃじょう》が、ずるずるとあとずさりをはじめるのをまつともなくまちかまえていた。ところがそれよりもさきに、けたたましいひよりげたの音が、改札口《かいさつぐち》のほうからきこえだしたと思うと、まもなく車掌《しゃしょう》のなにかいいののしる声とともに、わたしののっている二等室《とうしつ》の戸ががらりとあいて、十三、四の小むすめがひとり、あわただしくなかへはいってきた、とどうじに、一つずしりとゆれて、おもむろに汽車はう

一個陰晦的冬天的傍晚，我坐在橫須賀開出上行的二等客車的角落裡。茫然地等着開車的笛聲。早就點着電燈的客車裡，很稀奇的，除了我之外連一個其他的乘客也沒有。往外探望，微暗的月台，今天也很難得的不見送行人的踪影。只有被關在柵檻裡的一隻小狗，時而發出悲哀似的吠叫聲。

這些情景，和我當時的心情，簡直是不可思議的相符着。無法形容的勞累和倦怠，簡直就像要下雪時的天空，陰沉沉的影子，落在我的腦海裡。我的雙手一動也不動地插在外套的口袋裡。連拿出口袋裡的晚報來看的精神也沒有。

可是不久，開車的笛聲響了，我的心裡才稍感舒暢，把頭靠在後面的窗框上，不是特意地等待着眼前的車站開始慢慢的向後倒退。可是，就在這當兒，聽起來似乎是從剪票口傳來的尖銳的木屐聲，不久，隨着車掌的叱責聲。我坐的二等車廂的車門嘩啦一聲打開了，一位約十三、四歲的小姑娘，慌慌張張地闖了進來。同時，火車震動了一下，慢慢地，

**註釋**：①あとをたつ：絕踪；絕跡。②おり：檻；柵檻。③につかわしい：合適的。④いいよう：措詞；表達方法。⑤どんより：陰沉沉。⑥つっこむ：插進。⑦くつろぎ：舒暢；餘裕。⑧わく：框子。⑨もたせる：依；靠。⑩ずるずる：拖拖拉拉的；滑溜。⑪あとずさり：後退。⑫まつともなくまちかまえている：不是特意地等着。⑬けたたましい：尖銳的。⑭ひよりげた：晴天時所穿的木屐。⑮おもむろに：徐徐的；慢慢地。

ごきだした。一本ずつ目をくぎっていくプラットフォームの柱、おきわすれたような運水《うんすい》車《しゃ》、それから車内《しゃない》のだれかに祝儀《しゅうぎ》の礼《れい》をいっている赤帽《あかぼう》――そういうすべては、窓《まど》へふきつけるばい煙《えん》のなかに、みれんがましくうしろへたおれていった。わたしはようやくほっとした心持ちになって、まきたばこに火をつけながら、はじめてものういまぶたをあげて、まえの席にこしをおろしていた小むすめの顔をいちべつした。

それはあぶらけのない髪《かみ》を、ひっつめのいちょうがえしにゆって、よこなでのあとのある、ひびだらけの両ほおを気持ちのわるいほど赤くほてらせた、いかにもいなか者らしいむすめだった。しかも、あかじみたもえぎ色（黄色っぽいみどり）の毛糸のえりまきがだらりとたれさがったひざの上には、大きなふろしきづつみがあった。そのまたつつみをだいたしもやけの手のなかには、三等《とう》の赤切符《あかぎっぷ》がだいじそうにしっかりとにぎられていた。

わたしはこの小むすめの下品《げひん》な顔だちをこのまなかった。それからかのじょの服装《ふくそう》がふけつなのもやはり不快《ふかい》だった。さいごにその二等と三等との区別《くべつ》さえもわきまえない愚鈍《ぐどん》な心がはらだたしかった。だからまきたばこに火をつけたわたしは、一つにはこの小むすめの存在《そんざい》をわすれたいという心持ちもあって、こんどはポッケットの夕刊《ゆうかん》をまんぜんとひざの上へひろげてみた。するとそのとき夕刊《ゆうかん》の紙面《しめん》におちていた外光《がいこう》が、とつぜん電燈《でんとう》の

開動了。一根一根隔開視線的月台支柱；擱忘似的運水車；還有那向旅客道謝給小費的搬運工人——這一切，都在吹打着車窗的煤烟裡，依依不捨地向後倒退了。我好不容易鬆了一口氣，一邊點燃香烟，一邊才睜開無精打采的眼皮，向坐在前面的小姑娘看了一眼。

那是把沒有光澤的頭髮，垂髻成銀杏返式，有橫裂痕滿是凍裂傷的雙頰，漲紅得像是令人作嘔似的，道道地地的鄉下姑娘。並且髒的黃綠色毛線的圍巾，鬆弛無力地下垂在膝上，有個大被包袱，還有在那抱着包袱的凍傷的手中，小心翼翼地緊握着一張三等車票。

我不喜歡這小姑娘庸俗的容貌，還有，她那不清潔的服裝也同樣地使我不愉快。最後，連那二等，三等的區別都辨別不出的愚鈍，更使我生氣。因此，我點燃了香烟，一方面是希望忘了小姑娘的存在，這次把口袋裡的晚報漫不經心地打開在膝上看著。這時候，落在晚報上的戶外光線，突然變成電燈光。

註釋：①おきわすれた：擱忘了。②祝儀《しゅうぎ》：小費。③みれんがましい：戀戀不捨。④ほっと：嘆氣貌。⑤ものうい：無精打采。⑥あぶらけ：油氣；光滑；光澤。⑦ひっつめ：垂髻。⑧いちょうがえし：日本女子髮髻的一種。⑨よこなで：鼻涕、眼淚或在口四周的東西用手橫方向的擦式。⑩えりまき：圍巾。⑪だらり：鬆弛無力貌。⑫いかにも：的的確確；完全。⑬あかじみる：髒。⑭たれさがる：下垂；搭拉下來。⑮しもやけ：(耳、手、足等的)凍傷。⑯かおだち：容貌。⑰げひん：庸俗。⑱はらだたしい：令人生氣。

光にかわって、すりのわるい何欄《なにらん》かの活字《かつじ》が、意外《いがい》なくらいあざやかにわたしの目のまえへうかんできた。いうまでもなく汽車はいま、横須賀線《よこすかせん》におおいトンネルの、さいしょのそれへはいったのである。

しかしその電燈《でんとう》の光にてらされた夕刊《ゆうかん》の紙面《しめん》を見わたしても、やはりわたしのゆううつをなぐさむべく、世間《せけん》はあまりに平凡《へいぼん》なできごとばかりでもちきっていた。講和問題《こうわもんだい》、新《しん》婦新郎《ぷしんろう》、瀆職事件《とくしよくじけん》、死亡広告《しぼうこうこく》――わたしはトンネルへはいった一瞬間《いっしゅんかん》、汽車の走っている方向《ほうこう》がぎゃくになったような錯覚《さっかく》を感じながら、それらのさくばくとした記事《きじ》から記事へほとんど機械的《きかいてき》に目をとおした。

が、そのまももちろんあの小むすめが、あたかも卑俗《ひぞく》な現実《げんじつ》を人間《にんげん》にしたようなおももちで、わたしのまえにすわっていることをたえず意識《いしき》せずにはいられなかった。

このトンネルのなかの汽車と、このいなか者の小むすめと、そうしてまたこの平凡《へいぼん》な記《き》事《じ》にうまっている夕刊《ゆうかん》と、――これが象徴《しょうちょう》でなくてなんであろう。不可解《ふかかい》な、下等《かとう》な、たいくつな人生《じんせい》の象徴《しょうちょう》でなくてなんであろう。わたしはいっさいがくだらなくなって、よみかけた夕刊をほうりだすと、また窓《まど》わくに頭をもたせながら、死《し》んだように目をつぶって、うつらうつらしはじめた。

印刷不良的幾欄鉛字，卻意外清楚地浮現於眼前。不用說，火車現在正駛入橫須賀線一連串隧道的第一個隧道了。

然而環視被燈光照射下的晚報版面，以聊慰我的憂鬱。社會上始終只有太平凡的偶發事件。講和問題，結婚啓事，貪汚事件，訃聞廣告——我在火車進入隧道的一瞬間，就覺得火車行駛的方向好像是相反似的錯覺。邊機械似的瀏覽那些索味的消息。

然而，在那期間當然是不斷的意識到那小姑娘恰似卑俗的現實化成人的樣子，坐在我的眼前。

這隧道中的火車，這鄉下的小姑娘，以及塡滿平凡消息的晚報——這不就是象徵嗎？這不就是那難以理解的低俗的，無聊的人生的象徵嗎？我感到一切都微不足道的，我將沒讀完的晚報丟掉，又把頭靠窗框，像死人般地閉上眼，開始假寐。

註釋：①すり：印刷（的效果）。②活字：鉛字。③あざやか：清楚。④なぐさむ：消遣。⑤できごと：偶發事件。⑥もちきる：自始至終拿着不放（保持同一狀態。）⑦ぎゃく：逆、倒；反。⑧さくばく：荒涼。⑨目を通す：通通看一遍。⑩あたかも：恰似；正好。⑪おももち：神色；樣子。⑫うまる：埋上；埋滿。⑬くだらない：無聊的；無價値的。⑭ほうりだす：扔出去；拋棄。⑮うつらうつら：似睡非睡地。

それからいく分かすぎたのちであった。ふとなにかにおびやかされたような心持ちがして、思わずあたりを見まわすと、いつのまにかれいの小むすめが、むこうがわから席をわたしのとなりへうつして、しきりに窓《まど》をあけようとしている。が、おもいガラス戸はなかなか思うようにあがらないらしい。あのひびだらけのほおはいよいよ赤くなって、ときどきはなをすすりこむ音が、小さな息《いき》のきれる声といっしょに、せわしなく耳へはいってくる。これはもちろんわたしにも、いくぶんながら同情《どうじょう》をひくにたるものにはそういなかった。

しかし汽車がいままさにトンネルの口へさしかかろうとしていることは、暮色《ぼしょく》のなかに枯《か》れ草《くさ》ばかり明るい両がわの山腹《さんぷく》が、ま近く窓《まど》がわにせまってきたのでも、すぐにがてんがいくことであった。にもかかわらずこの小むすめは、わざわざしめてある窓の戸をおろそうとする、——その理由《りゆう》がわたしにはのみこめなかった。いや、それがわたしには、たんにこの小むすめの気まぐれだとしか考えられなかった。だからわたしははらの底《そこ》にいぜんとしてけわしい感情《かんじょう》をたくわえながら、あのしもやけの手がガラス戸をもたげようとして悪戦苦闘《あくせんくとう》するようすを、まるでそれが、永久《えいきゅう》に成功《せいこう》しないことでもいのるような冷酷《れいこく》な目でながめていた。

幾分鐘過後，突然有着被什麽所威脅的感覺。不由得環視一下四周，在不知不覺間，那位小姑娘，從對面移坐到我的旁邊，再三地要將窗子打開，但是，笨重的玻璃窗好像很難如願地推上去。那滿是凍傷的雙頰，更加紅了。時時倒抽鼻涕的聲音，和上氣接不着下氣的聲音雜在一起，急速地傳入我的耳朵，這當然足以令我興起一些同情。

可是，火車現在將要開進隧道口，雖然從那在黃昏裡只有枯草亮着的兩旁的山腰逼近窗旁，馬上就可理解，可是小姑娘卻特意地要把關着的窗戶放下來——實在令人費解。不！我認爲那只是這位小姑娘的反覆無常吧！所以我的心裡依然懷着可怕的感情，用祈求她永久不會成功的冷酷眼光，凝望着那凍傷的手想要打開玻璃窗的苦戰惡鬥的樣子。

**註釋**：①おびやかす：恫嚇；威脅。②おもうように：隨心如願。③いよいよ：愈發；更。④いきがきれる：接不上氣。⑤せわしない：忙的。⑥まさに：將要。⑦さしかかる：迫切；緊迫。⑧がてん：理解；領會。⑨にもかかわらず：雖然……可是。⑩のみこめる：能了解。⑪たんに：單；只。⑫きまぐれだ：反覆無常。⑬いぜん：依然。⑭けわしい：可怕；粗暴。⑮たくわえる：儲藏；懷着。⑯いのる：祈；禱。

するとまもなく、すさまじい音をはためかせて、汽車がトンネルへなだれこむとどうじに、小むすめのあけようとしたガラス戸は、とうとうばたりと下へおちた。そうして四角《かく》なあなのなかから、すすをとかしたようなどす黒い空気が、にわかに息《いき》ぐるしいけむりになって、もうもうと車内《しゃない》へみなぎりだした。がんらい、のどを害《がい》していたわたしは、ハンケチを顔にあてるひまさえなく、このけむりを満面《まんめん》にあびせられたおかげで、ほとんど息《いき》もつけないほどせきこまなければならなかった。

が、小むすめはわたしにとんちゃくするけしきも見えず、窓《まど》から外へ首をのばして、やみをふく風にいちょうがえしのびんの毛をそよがせながら、じっと汽車のすすむ方向《ほうこう》を見やっている。そのすがたをばい煙《えん》と電燈《でんとう》の光とのなかにながめたとき、もう窓《まど》の外がみるみる明るくなって、そこから土のにおいや枯《か》れ草《くさ》のにおいや水のにおいがひややかにながれこんでこなかったなら、ようやくせきやんだわたしは、この見知らない小むすめを頭ごなしにしかりつけてでも、またもとのとおり窓の戸をしめさせたのにそういなかったのである。

しかし汽車はそのじぶんには、もうやすやすとトンネルをすべりぬけて、枯《か》れ草《くさ》の山と山とのあいだにはさまれた、あるまずしい町はずれのふみきりにとおりかかっていた。ふ

不久，火車曳着淒厲的聲音散入風中，衝進了隧道，同時小姑娘想要打開的玻璃窗，終於叭達一聲掉了下來，而從那四方形的窗孔中，像是把煤炭溶化了似的烏黑的空氣，突然變成了令人窒息的煙霧，濛濛地湧進來。本來，喉嚨就有毛病的我，連拿手帕來掩住臉的時間都沒有，所以滿面被那煤煙所燻。幾乎喘不過氣地咳嗽。

但，找不到小姑娘對我介意的樣子。她把脖子伸出窗外，一邊讓黝黑的風吹動着銀杏返式的鬢髮。一邊直眺望着火車前進的方向。我在煤煙和燈光下注視他的姿態的時候，眼看着窗外已經恢復明亮，要不是從外面飄進清涼的泥土的氣息，枯草的氣味以及，水氣的話好不容易才抑住了咳嗽的我，一定會不分青紅皂白地大聲責罵這位陌生的小姑娘，讓她把窗戶關回原樣。

然而，火車在這時，已經安穩地穿過隧道，正通過一處夾於山與枯草山間的偏僻小村外的平交道。

**註釋**：①すさまじい：可怕的。②はためく：隨風飄揚。③なだれこむ：許多人（蜂擁而入）。④ばたり：物體倒落或碰撞的聲音。⑤すす：黑烟；煤。⑥とかす：溶化。⑦どす黒い：烏黑。⑧にわか：突然。⑨息《いき》ぐるしい：喘不上氣來。⑩もうもう：濛濛。⑪みなぎる：充滿。彌漫。⑫せきこむ：喘不過氣兒地咳嗽。⑬とんちゃく：介意。⑭みやる：眺望。⑮おいやる：攆走。⑯頭ごなしに：不分青紅皂白。⑰やすやす：安安樂樂地。⑱まずしい：貧窮的。

みきりの近くには、いずれも見すぼらしいわら屋根《やね》やかわら屋根がごみごみとせまくるしくたてこんで、ふみきり番がふるのであろう、ただ一旒《いちりゅう》のうす白いはたがものうげに暮色《ぼしょく》をゆすっていた。

やっとトンネルをでたと思う——そのときその蕭索《しょうさく》としたふみきりのさくのむこうに、わたしはほおの赤い三人の男の子が、めじろおしにならんで立っているのを見た。かれらはみな、この曇天《どんてん》におしすくめられたかと思うほど、そろって背《せ》がひくかった。そうしてまた、この町はずれの陰惨《いんさん》たる風物《ふうぶつ》と同じような色の着物《きもの》をきていた。それが汽車のとおるのをあおぎ見ながら、いっせいに手をあげるがはやいか、いたいけなのどを高くそらせて、なんとも意味《いみ》のわからないかん声《せい》をいっしょうけんめいにほとばしらせた。するとその瞬間《しゅんかん》である。窓《まど》から半身《はんしん》をのりだしていたれいのむすめが、あのしもやけの手をつとのばして、いきおいよく左右《さゆう》にふったと思うと、たちまち心をおどらすばかりあたたかな日の色にそまっているみかんがおよそ五つ六つ、汽車を見おくった子どもたちの上へ、ばらばらと空からふってきた。わたしは思わず息《いき》をのんだ。そうしてせつなにいっさいを了解《りょうかい》した。小むすめは、おそらくはこれから奉公《ほうこう》さきへおもむこうとしている小むすめは、そのふところに蔵《ぞう》していたいく顆《か》のみかんを窓《まど》からなげて、わざわざふみきりまで見おくり

在平交道的附近，都是破陋的稻草屋及瓦屋緊密地錯落其間。大概是平交道的看守者揮動的吧！只有一面淡白的旗子無精打采地在暮色中搖動著。

好不容易才出了隧道——那個時候，我看見凄涼的平交道柵檻前面，面頰紅色的三個男孩子，一個挨一個的並列地站着，他們好像全爲陰暗的天空壓縮了似的，個子都是矮矮的。而又穿着跟這郊外荒涼的光景，同樣顏色的衣服。他們仰望着疾駛而過的火車，說時遲那時快，一齊舉起手，提高可愛地嗓子，拼命地喊着捉摸不出意義的叫聲。就在這瞬間，那半身伸出窗外的女孩，把凍傷的手突然伸出去，使勁地向左右轉動。忽然，大約有五、六個被陽光染紅的橘子，從空中撒落在那些孩子們的頭上，我不由得大吃一驚。刹那間，我恍然大悟。小姑娘大概是從今起要到外地去做事。所以把藏在懷裡的幾個橘子從窗戶扔出去，以酬謝那些特意來到平交道送行的。

**註釋**：①いずれも：都。②みすぼらしい：難看的；破陋。③わら：稻草。④かわら：瓦。⑤せまくるしい：狹窄的。⑥いちりゅう：一面（旗子）。⑦ものうげ：無精打采。⑧ぼしよく：暮色。⑨蕭索《しょうさく》：凄涼的。⑩さく：柵。⑪めじろおし：擁擠。⑫いっせい：一齊；同時。⑬かんせい：喊聲。⑭ほとばしる：迸出。⑮つと：突然。⑯そまる：染上。⑰いきをのむ：大吃一驚。⑱せつな：刹那；瞬間。⑲奉公《ほうこう》：服務；佣工。⑳おもむく：往；赴。㉑ふところ：懐；胸；腰包。

にきた弟たちの労《ろう》にむくいたのである。

暮色《ぼしょく》をおびた町はずれのふみきりと、小鳥のように声をあげた三人の子どもたちと、そうしてその上に乱落《らんらく》するあざやかなみかんの色と――すべては汽車の窓《まど》の外に、またたくひまもなくとおりすぎた。が、わたしの心の上には、せつないほどはっきりと、この光景《こうけい》がやきつけられた。そうしてそこから、あるえたいの知れないほがらかな心持ちが、わきあがってくるのを意識《いしき》した。

わたしはこうぜんと頭をあげて、まるで別人《べつじん》を見るようにあの小むすめを注視《ちゅうし》した。小むすめはいつかもうわたしのまえの席にかえって、あいかわらずひびだらけのほおをもえぎ色の毛糸のえりまきにうずめながら、大きなふろしきづつみをかかえた手に、しっかりと三等切符《とうぎっぷ》をにぎっている。……

わたしはこのときはじめて、いいようのない疲労《ひろう》と倦怠《けんたい》とを、そうしてまた不可解《ふかかい》な、下等《かとう》な、たいくつな人生《じんせい》をわずかにわすれることができたのである。

弟弟們。

帶有暮色的郊外平交道，像小鳥似的喊叫的三個小孩，以及撒落而下的橘子的鮮艷顏色——這一切在火車的窗外連眨眼的時間都沒有，就通過了。這情景却深切而清晰地烙在我的心底上。於是，我意識到一種，不知其所以然的爽朗，湧上了心頭。

我昂然揚起頭來，宛如看別人似的，注視着那位小姑娘。小姑娘不知何時，已經回到我前面的坐位，仍然把滿是凍傷的雙頰埋在黃綠色的圍巾裡，那抱着大包袱的手上，緊緊地握着三等車票……。

這時候我始能稍微忘記，那說不出的勞累和倦怠，以及那難以理解的，低級的，無聊的人生。

**註釋**：①おびる：帶；有。②すべて：一切；全部。③またたく：眨眼。④せつない：難過的；苦悶的。⑤やきつけられる：被烙上痕跡。⑥えたいの知れない：莫名其妙；不知其所以然。⑦わきあがる：沸騰；掀起；湧現。⑧こうぜん：昂然。⑨うずめる：埋。⑩たいくつ：無聊；倦怠；寂寞。⑪わずか：稍；微。

杜子春・くもの糸

初版中華民國七十四年三月
本版中華民國八十五年六月

定價：一二〇元

原著　芥川龍之介
譯註　林榮一
發行人　黄成業
發行所　鴻儒堂出版社
地址：台北市中正區一〇〇開封街一段十九號二樓
電話：三一一三八一〇・三一二〇五六九
傳真：〇二～三六一二三三四
郵政劃撥：〇一五五三〇〇～一號
印刷者　楨文彩色平版印刷公司
法律顧問　蕭雄淋律師
行政院新聞局登記局版台業字第壹貳玖貳號